KB114746

FUSION FANTASTIC STORY

김대산 장편소설

완빤치

완빠치 2

김대산 장편소설

초판 1쇄 찍은 날 § 2016년 5월 25일
초판 1쇄 펴낸 날 § 2016년 6월 1일

지은이 § 김대산
펴낸이 § 서경석

편집책임 § 고승진

펴낸곳 § 도서출판 청어람
등록번호 § 제387-1999-000006호
등록일자 § 1999. 5. 31
어람번호 § 제1-2443호

주소 § 경기도 부천시 원미구 부일로 483번길 40 서경B/D 3F (우) 14640
전화 § 032-656-4452 팩스 § 032-656-4453
http://www.chungeoram.com
E-mail § chungeorambook@daum.net

ISBN 979-11-04-90824-8 04810
ISBN 979-11-04-90822-4 (세트)

FUSION FANTASTIC STORY

김대산 장편소설

완빤치

2

도서출판 청어람

CONTENTS

제1장
낙원상가

낙원상가! 서울 외곽 변두리, 대로에서 한참이나 안쪽으로 물러앉은 주택가 한 귀퉁이에 위치한 7층짜리 허름한 상가 건물이다.

철민은 낙원상가를 사들였다. 예전의 그라면 감히 상상조차 하지 못했을 정도의 거금을 주고.

그가 낙원상가를 구입한 것은, 부동산 투자 차원이 아니다. 단지 상가의 주인이 되고 싶어서였다. 상가의 주인이 되는 것은, 그의 소원이었다. 사실 먼저는 엄마의 소원이었다. 그리고 그의 소원이 되었다.

엄마는 돌아가시기 전까지 꽤나 오랫동안 낙원상가와 비슷한 규모의 상가에서 청소 일을 했었다.

언젠가 그가 무슨 실없는 말끝에 소원이 무어냐고 물었더니, 엄마는 티 없이 웃으며 자신이 일하는 상가와 같은 빌딩의 주인이 한번 되어보는 것이라고 했다. 그야말로 꿈같은, 결코 이루어질 수없는 소원이었다.

엄마는 그저 지나가는 말로 한번 해본 얘기였을 뿐일 것이다. 그리고 그때 그 역시도, 언젠가 부자가 되면 사줄 테니까 한번 기다려 보라고 흰소리를 했었다.

그는 원래 엄마가 일했던 그 상가를 사려고 했었다. 하지만 알아보니 그 상가는 이미 몇 년 전에 허물어졌고, 그 자리에는 20 몇 층짜리의 겉모양부터 사람 기를 죽이는 웅장한 고층 빌딩이 들어서 있었다.

당연히 낙원상가와는 비교가 안 될 정도로 비쌌다.

물론 꼭 사고자 한다면 못 살 정도의 금액은 아니다. 그러나 솔직히 엄두를 내기는 어려웠다. 그가 그렇게까지 무리를 해서 산다면, '엄마가 과연 행복해할까? 오히려 부담스러워하지 않을까?' 하는 생각도 해보게 되었다.

어쨌든 지금 그에게는 낙원상가 하나로 충분했다.

돈이 있다고 당장에 무엇을 해야 할 필요는 없다. 그런 압박을 사서 감수할 필요는 없지 않겠는가?

엄마의 추억을 누리면서 조용히 살아보는 것도 괜찮으리라! 우선은!

낙원상가는 외양에서부터 허름한 티가 팍팍 났다. 건물 외벽 곳곳에 도색이 벗겨졌고, 군데군데 보기 흉한 얼룩이 져 있다. 다행스러운 것은, 그나마 상당히 견고해 보인다는 점이다. 상가를 지을 당시 꽤나 건실한 건설 회사에서 꼼꼼하게 시공을 했으니, 자재나 시공 과정만큼은 신뢰할 만하다는 부동산 중개소의 말이 있기도 했다.

상가는 지하 1층과 지상 7층을 더하여 총 8층이다.

지하 1층은 주차장.

1층은 슈퍼와 빵집, 먹거리 가게, 휴대폰 대리점 등 주로 작은 점포들이 입주해 있고,

2층은 식당가.

3층은 술집들과 노래방.

4층은 개인 병원들.

5층은 헬스장과 태권도와 합기도 등의 체육관들.

6층은 학원들이 입주해 있다.

마지막으로 7층은 임대용 사무실들이 있는 오피스 층이다.

이미 말했듯이 철민이 투자 용도로 상가를 구입한 것이

아닌 만큼, 상가의 운영에 있어서도 그저 손해 안 보고 현상 유지나 하면 되겠다는 정도의 생각이었다. 그러나 사정이 결코 만만치 않으며, 실상은 여러 문제를 안고 있다는 사실을 아는 데는 얼마 걸리지도 않았다.

상가에 관리 사무소가 있는 줄도 몰랐는데, 관리소장이라며 불쑥 나타난 양반이 있었다.

60대 후반의 그는 짧게 깎은 머리에 네모진 얼굴, 거기에다 땅딸막한 키에 딱 벌어진 어깨가 단단해 보이는, 꽤 강한 인상의 소유자였다.

이름은 육성호. 육군 준위 출신의 직업 군인으로, 전역한 뒤 10년 가까이 이 상가의 관리소장으로 정말 성실하게 근무해 왔다고 자신을 소개한 그는, 철민과의 첫 대면부터 사뭇 분개한 모습이었다.

상가의 전 주인은 몹시도 깐깐한 데다 평소 주변을 챙기는 사람이 결코 아니었는데, 얼마 전에는 웬일로 10년 성실 근무한 포상이라며 육성호 소장에게 일주일의 특별 휴가를 주더란다.

육 소장이 그럴 것 없다며 사양하자 만 원짜리 다섯 장이든 봉투까지 건네며 굳이 휴가를 권하였는데, 육 소장이 뭔가 좀 이상하다는 생각을 하면서도 두 번 사양을 하지는 못하고 일주일간 휴가를 보내고 오는 길이라고 했다.

그런데 그사이 상가의 주인이 바뀌었다니, 사람이 어떻게 그럴 수 있는지에 대해 서운하고 괘씸한 심정을 참기 어려운 한편, 상가를 처분하려고 자신을 휴가까지 보낸 데는 분명 무슨 꿍꿍이가 있는 것이라고, 육 소장은 오히려 철민을 걱정했다.

알고 보니 상가에 입주해 있는 점포들의 상당수가 인근의 다른 상가들에 비해 턱없이 싸게 입주해 있었다. 특히 최근 일 년 사이에 입주한 점포들은 거의 대부분 그런 경우였다. 곧 상가의 전 소유자가 상가 매각을 염두에 두고 의도적으로 수작을 부린 것이라고밖에 볼 수 없는 정황이었다.

가장 심각한 것은 6층과 7층의 경우였다.

철민이 상가를 계약하기 전에 살펴보았을 때, 6층은 2/3 정도, 7층은 절반 정도가 차 있었다. 당시 전 소유주의 말인즉슨, 마침 계절적으로 비수기라 빈 곳이 좀 있지만, 봄에 경기가 살아나면 금방 다 찰 것이라고 했다.

철민은 그 말을 믿고서 대충 훑어만 보았을 뿐, 세밀한 실태 조사는 해보지 않았던 것이다.

그런데 육 소장이 밝히는 실상은 전혀 달랐다. 6층은 절반 정도, 그리고 7층의 경우에는 아예 층 전체가 몽땅 비어 있다는 것이었다.

계약 전에 철민이 대충이나마 훑어볼 때의 2/3에서 절반 정도가 차 있었던 것의 실상은, 전 소유주가 6층과 7층의 썰렁한 분위기를 감춘다며 빈 사무실에다가 헌 책상과 집기 몇 개씩을 넣고 주인 없는 간판까지 달아놓은 것이라고 했다.

철민은 화가 난다기보다는 차라리 황당하고 허탈했다.

그가 이전까지 해본 부동산 거래라야 원룸 전세 계약이 다였으니, 상가의 그런 내밀한 속사정까지는 미처 알아볼 생각조차도 하지 못하고 덜컥 계약서에 도장을 찍었던 것이다.

거래를 중개했던 부동산 사무소에 하소연을 했더니, 그런 것은 어디까지나 거래 외적인 사항으로 자신들이 어떻게 책임을 질 수 있는 사항이 아니라고 했다.

결국은 사는 사람이 알아서 잘 챙겼어야 하는 것 아니냐고, 발부터 빼는 형국이니 더 따져 봐야 얼굴만 붉힐 것 같았다.

철민은 상가의 전 소유주에게 따져 볼 생각도 접고 말았다.

전 소유주가 얼마나 뻔뻔하고 약삭빠른 사람인 줄 이미 이가 갈리도록 알게 된 터, 이제 와서 사리를 따져 봐야 그쪽에서 이쪽의 입장을 조금이라도 봐줄 리는 없었다.

결국 모든 잘못은, 신중하지 못했던 철민 자신에게 있었다.

세상 험한 줄 모르고 철없이 덜렁댄 대가로 단단히 쓴맛을 본 것이다.

*   *   *

철민에게 남은 돈은 이제 200억을 조금 넘었다.

200억! 여전히 엄청난 거액이었다. 그러나 그는 이제 솔직히, 그것이 거액이라는 데 대해서는 크게 실감이 나지 않았다. 부자에 대한 정의가 사뭇 바뀌었다고 할까?

200억! 그 돈은 어떤 프로 운동선수 한 명이, 단지 몇 년 간의 계약금으로 받는 돈보다도 적은 액수일 뿐이다. 혹은 괜찮은 고층 빌딩 한 채 사기에도 빠듯한 돈에 불과하다. 또 소수의 어떤 엘리트 샐러리맨이 받는다는 일 년 연봉에도 미치지 못하는 것이다.

그리고 굳이 그런 비교에 의하지 않더라도, 그 정도의 돈으로는 정말로 '럭셔리' 한 인생을 살기에는 결코 충분하지 않았다.

이를테면, 어떤 재벌처럼 자신의 가족들끼리만 며칠간의

겨울 휴가를 즐기기 위해 외국의 이름난 스키장 하나를 통째로 빌리는 '럭셔리' 한 일은 꿈도 꾸지 못하는 일이 아닌가 말이다.

그런 측면에서 볼 때, 10억이나 200억이나 거기서 거기가 아닐까? 크게 대단한 걸 누릴 수는 없고, 기껏 잘 먹고 잘사는 정도에 불과하다는 점에서는 말이다.

어쨌든 상가를 구입하면서 뭉텅이로 돈을 지출하고 나니 그는 문득 돈이 확 줄어들었다는 실감을 하게 되었다.

뭐랄까, 꽉 채워져 있던 포만감에 갑자기 구멍이 뚫린 느낌이랄까?

더하여 상가로 인해 앞으로 계속 손해가 쌓여 갈 것이라는 엄연한 현실은, 이윽고 사뭇 위기감까지 들게 하는 데가 있었다. 물론 당장 거덜이 날 건 아니지만, 큰 저수지도 둑에 난 작은 구멍 하나로 인해 무너지듯이, 이대로 대책 없이 손해가 계속 쌓여 간다면 결국은 파국을 맞을 수밖에 없을 노릇이었다.

'상가를 다시 팔아 버려?'

그러나 또 그러고 싶지는 않았다. 물론 정말로 위험한 지경으로 몰려서 그런 결단을 내릴 수밖에 없을지라도 상가를 팔고 싶지 않았다. 엄마의 소원을 이루어 주겠다고 한 일이었다. 손해를 입더라도 최대한 지키고 싶었다.

철민은 우선 손해를 줄이는 방법을 생각해 보았다.

가장 쉬운 것은 역시 매달 나가는 고정 경비부터 줄이는 것일 텐데, 그것은 육 소장의 충고이기도 했다. 즉, 이 정도 규모의 상가에서 상가 관리 사무소가 꼭 필요한 것은 아니니, 상가 운영이 곤란하다면 우선 육 소장 자신부터 내보내고 철민이 직접 상가의 관리 업무를 챙기라는 것이었다.

비록 자기 한 사람의 월급이라 해봐야 얼마 되지 않지만, 일단 그렇게 시작하고 나서 다른 불요불급한 경비들을 하나하나 줄여 나가라는 고언이었다.

육 소장은 첫인상부터가 그랬던 바이지만, 철민은 그의 강직한 면모를 새삼 다시 보는 듯했다. 그럼으로써 철민은 육 소장의 충고를 받아들이지 못했다. 그렇게까지 충언하는 사람을 어떻게 자를 수 있겠는가? 그렇게 악착같이 굴 자신은 없었다.

손해를 줄이는 것이 당장에 여의치 않다면, 손해를 충당할 만큼 돈을 버는 수밖에 없다.

'입주한 가게들의 세를 올려?'

그런 관점에 대해서는 육 소장이 완곡히 만류했다.

물론 싸게 입주해 있는 가게들도 있지만, 근본적으로 이 지역의 상권 자체가 그렇게 활성화되어 있지 않아서, 다들

영세한 규모라고 했다.

몇 달 뒤에도 계속 가게 문을 열 수 있을지 확신하지 못할 정도로 겨우겨우 버티고들 있는 참에, 갑자기 세를 올려 달라고 한다면 상당수가 차라리 가게 문을 닫겠다고 할지 모른다는 것이었다.

기존 가게들을 내보낸다고, 새로운 가게가 금방 입주할 거라고 보장하기도 어렵다고 했다. 그리하여 빈 곳이 늘면, 자칫 상가를 공동화로 몰고 나갈 우려도 있다는 것이었다.

육 소장의 얘기를 듣고 보니 또 그럴 법하다 싶었다. 무엇보다도 사심 없이 조언해 준다는 것을 느낄 수 있었다.

그리하여 철민은 현재대로 상가를 꾸려나가면서, 차차 다른 방도를 강구해 볼 작정이었다.

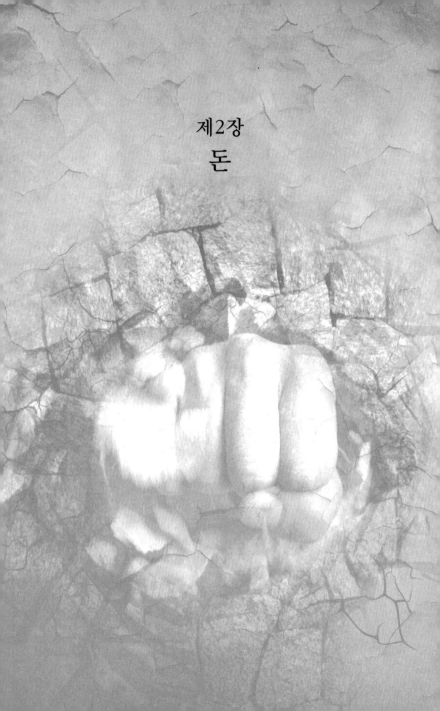

제2장

돈

돈의 맛(2)

'주식!'

이런저런 궁리를 해보던 중 불쑥 떠오른 생각에 철민은 쓰게 웃고 말았다.

주식이라니? 웃기는 얘기였다.

사실은 그도 한때 주식을 해보긴 했었다. 취직 시험 대비 실물 경제 공부도 해볼 겸, 잘되면 용돈도 좀 벌고 할 마음 으로.

물론 아주 작은 액수였다. 그때는 돈도 없었으니까!

결과는, 백전백패였다.

결국 '주식은 도박이다!'는 결론을 내리고 깨끗이 손을 뗐다.

슬그머니 억지가 생기기 시작했다.

돈으로 돈을 버는 가장 쉽고도 간단한 방법으로, 주식만한 것도 없지 않은가?

잘만 한다면!

사실… 아주 불가능한 얘기는 아니지 않은가?

시거!

시거를 다시 재현할 수만 있다면……!

그는 세차게 머리를 흔들었다.

'미안, 엄마! 조금만, 진짜 조금만 할게!'

그는 무릎 사이로 얼굴을 파묻었다.

시험적으로 일단 5억을 투자해 보기로 했다.

투자 전략?

간단했다.

첫째. 주식 시장이 끝나는 시점에 HTS(Home Trading System)에 들어가 그날 장중 가장 가격 변동 폭이 큰 종목을 선정한다.

둘째. 선정된 종목이 가장 낮은 가격일 때의 시간과 가장 높은 가격일 때의 시간을 체크한다.

셋째. 그 종목이 가장 낮은 가격일 때의 시간으로 간다.

넷째. 매수한다.

다섯째. 다시 그 종목이 가장 높은 가격일 때의 시간으로 간다.

여섯째. 매도한다.

*　　　*　　　*

성공이다.

오전에 3%가량 하락하다가, 오후 들어 돌연 12%대의 장대양봉을 보인 주식을 잡아 간단히 15%의 이득을 봤다.

처음이라 5억을 다 투자하지는 못하고, 3억을 투자했다.

세전 이익금 4,500만 원!

웬만한 직장인 연봉이다.

간단히 거금을 번 것이다.

시거의 부작용은 로또 때보다 심했다.

좀 더 오래, 그리고 한층 더 복잡하게 시간을 거슬러야 했기 때문일 것이다.

시거를 끝내자마자 철민은 헛구역질을 했다.

팔다리에 잠시간의 경직도 왔다.

그러나 잠깐 동안 거둔 거액의 수익에 비하면, 그 정도의 부작용쯤 얼마간은 더 감수할 수 있었다.

이런 식이라면 상가로 인해 생기는 손해쯤은 충분히 메우고도 오히려 남을 것이다.

＊　　　　＊　　　　＊

노트북 컴퓨터 두 대를 더 샀다.

기왕에 시작한 것, 제대로 투자해 볼 작정이다.

오전 9시, 주식 개장 시간에 맞춰 세 대의 노트북에다 시 세며 각종의 차트들을 동시에 띄워 놓고 시장 동향을 지켜 본다.

물론 장이 끝나기를 기다렸다가 시작해도 될 일이지만, 낮 시간 동안 딱히 할 일이 있는 것도 아니었다.

사실은 노트북 화면에서 시시각각으로 변화하는 숫자와 차트를 들여다보고 있는 것만큼 재미있고 흥미로운 일이 없다.

나름의 투자 원칙도 정했다.

거래량이 아주 작은 소규모의 회사는 대상에서 제외하고, 적어도 중견 기업 이상만 투자 대상으로 한다!

같은 곳에는 두 번 투자하지 않는다! 등등.

어떤 날은 장중에 하한가와 상한가를 오가는 종목 서너 개에다 동시에 투자를 해서 막대한 이익을 올리기도 했다.

수익이 점점 불어나고 있다.

마치 비탈을 굴러 내려가는 눈덩이 같다.

그는 목표를 보다 크게 잡기로 했다.

500억!

재산을 두 배 이상으로 키워 볼 작정이다.

결코 막연한 목표는 아니다.

시간만 흐르면 저절로 이루어질 목표다.

조급증이 생긴 모양이다.

자꾸만 답답한 느낌이 들고 있다.

주식은 이제 지루하다.

상, 하한가의 제한 없이 마음껏 투자할 수 있는 선물거래로 관심을 옮긴다.

선물거래의 경험은 없지만, 기본적인 사항들만 숙지하면 되는 일이다.

어차피 짜고 치는 고스톱인 것이다.

500억!
목표는 생각보다 빠르게 달성이 되었다.
그러나 그는 멈출 수가 없다.
마치 악마의 유혹에 빠지고 만 것 같다.
좀 더 하자!
다시 목표를 정할 의미는 없다.
하는 데까지!
할 수 있는 데까지!
문제는 없다.
무조건, 100% 성공할 수밖에 없는 게임이다.

재산이 늘어나는 속도가 점점 빨라지고 있다.
빗자루로 쓸어 담는다는 말이 있지만, 그런 것과는 차원
이 달랐다.
뭉칫돈이 뭉텅뭉텅 쌓인다고 할까?
어쨌든 돈이 좋긴 좋은 모양이다.
당장에는 쓸 일도 쓸 시간도 없다.
그저 화면으로만 어제 다르고, 오늘 또 다르게 숫자가 바
뀌어 가는 계좌의 잔액을 볼 뿐이다

그런데도 볼 때마다 뭐라 말할 수 없이 뿌듯해지는 기분을 누리곤 한다.

'돈의 맛이란 게 이런 걸까?'

돈의 덫

철민은 매일 밤 똑같은 꿈을 꾸고 있다.

꿈속에서 그 눈은 잔잔한 슬픔을 담고 애잔하게 그를 바라보고 있다.

'왜 자꾸 약속을 어기니?'

그 눈은 그를 꾸짖고, 간절히 호소한다.

그는 울면서 용서를 구한다.

'엄마! 미안해! 그렇지만 난 이제, 그냥 부자가 아닌 진짜 부자로 한번 살아 보고 싶어졌어!'

중독이 되고 만 걸까?

그는 이제 잠시라도 시세 화면을 보고 있지 않으면, 허전하다 못해 아주 조바심을 내게 된다.

그리하여 그는 배달시킨 음식으로 끼니를 때울 때조차도 노트북에서 눈을 떼지 못한다.

심지어는 밤에 잠자리에 누워서도 내일 시장이 열리기만

을 고대한다.

*　　　　*　　　　*

낙원상가의 일은 진작부터 육 소장에게 일임하다시피 해
두고 있었다.

그런데 이 고지식한 양반이 상가 돌아가는 현황을 보고
한답시고 매일 오후마다 꼬박꼬박 전화를 하고 있다.

특별한 사항도 없고, 매일 똑같은 내용의 반복일 뿐인데
도 말이다.

철민은 서너 번 전화를 받고는 귀찮아지고 말았다.

그러나 나름 자신의 일에 충직하겠다는 성의임을 알기에
차마 전화 안 하셔도 된다는 말은 하지 못하고, 슬쩍 수신
거부로 지정을 해버렸다.

전화를 받지 못하는 무슨 사정이 생겼거니 하고 여기기
를 바랄 뿐이다.

이제 낙원상가도, 육 소장도, 또 그 밖의 모든 일들도 그
의 머릿속에서 까마득해지고 있었다.

그의 하루는 오로지 거래와 또 관련된 행위와 생각으로
만 온전히 소비되고 있다.

재산이 얼마로 불어나 있는지, 그는 이제 굳이 확인하지 않는다.

벌써 한참 전에 1천 억을 넘긴 것을 확인하고 난 다음부터다.

1천 억!

엄청난 금액이다.

그러나 별다른 감상이 생기지 않는다.

그저 무덤덤하다.

'돈의 맛'도 변해가고 있는 모양이다.

더 이상 뿌듯하지 않다.

그는 문득 생각해 본다.

돈이 불어날수록, 그만큼 스스로의 생명을 갉아먹고 있는 건 아닐까? 시간을 거스르는 대가로.

그러나 멈출 수 없다.

이제는 하루라도 돈이 불지 않으면, 다른 것에서는 도저히 살아갈 의미를 찾을 수 없을 것만 같다.

이제는 도저히 벗어날 수가 없을 것만 같다.

거미줄에 걸린 것처럼!

돈의 덫에 걸린 것처럼!

부작용이 심해지고 있다.

헛구역질은 결국 구토로 진전되었다.

그러고도 점점 심해져 아마도 위액이지 싶은 엷은 갈색의 액체까지도 토해내고 있는 중이었다.

시거를 마칠 때마다 그는 한바탕 사력을 다한 악전고투를 치른 것처럼 기진맥진하여 방바닥에 뻗어버린다.

한참을 죽은 듯이 있고 나서야 겨우 약간의 기력을 되찾는다.

안 된다.

갑자기 시거가 되질 않는다.

중간쯤에 걸려서 자꾸만 맴돌뿐, 아무리 집중해도 목표 시점을 향해 나아가지를 못한다.

꿈속의 눈은 그를 무섭게 쏘아본다.

눈은 더 이상 꾸짖거나 간절히 호소하고 있지 않다.

눈은 분노하고 있었다.

준엄하게 경고하고 있었다.

그 눈은 엄마의 눈이 아니다.

"우웨~ 엑!"

갑자기 목구멍을 밀고 치솟는 토를 쏟아낸다.

짙은 갈색의 위액에 붉은 피가 섞였다.

피다!

그다지 놀랍지는 않다.

조만간 이렇게 될 거라고 이미 예상하고 있던 일인 것만 같다.

시체처럼 널브러져 있다가 겨우 약간의 기력을 찾은 그는 기다시피 욕실로 들어갔다.

찬물로 세수를 하고 나서 세면기 앞에 달린 거울을 본다.

며칠 만에야 세수를 하는 것이었고, 거울을 보는 것은 더욱 오랜만인 것 같다.

거울 속 자신의 모습이 사뭇 낯설다.

두 눈은 퀭하고, 얼굴색은 거무튀튀하다.

마치 골수 마약쟁이와도 같은 몰골이다.

방으로 돌아와 체중계에 올라가 본다.

체중이 자그마치 10㎏이나 줄어 있다.

그제야 문득 실감이 되는 듯하다. 그를 짓누르고 있는 극도의 피로감과 황폐가!

몸도 마음도 망가지고 있구나!

아니, 이미 많이 망가져 버렸구나!

그는 갑자기 무서워졌다.

이러다 큰일을 당하는 건 아닐까?

어느 날 갑자기 죽고 마는 건 아닐까? 아무도 지켜보는 이 없는 이 골방에서 홀로.

'내가 지금 뭘 하고 있는 거지?'

퍼뜩 경각심이 엄습한다.

문득 온몸에 소름이 돋는다.

벌을 받은 것이다. 엄마를 슬프게 한 벌!

"엄마! 이제 다시는 안 할게요! 정말 약속해요!"

그는 맹세했다. 다시는, 다시는 엄마를 슬프게 하지 않겠다고!

돈의 끝

돈만 있으면 무엇이든 다 해볼 것 같았다. 그러나 철민은 막상 로또 당첨으로 큰돈을 손에 쥐고 보니 딱히 쓸 데도, 또 쓰고 싶은 데도 없었다. 낙원상가를 사는 데나 그나마 뭉칫돈이 좀 들었을까, 늘 꿈꿔왔던 다른 몇 가지의 소망을 이루는 데는 얼마 들지도 않았다.

그런데 지금은 그때와는 또 상황이 확 달라졌다.

그는 그때에 비해 10배가 넘는 돈을 가지고 있다.

낙원상가를 사는 데 들었던 돈쯤, 이제는 뭉칫돈이라고 하기에는 너무 작은 돈이 되어버린 것이다.

3,000하고도 다시 500… 억!

대략 그쯤 되었다.

꿈같은 액수다.

그러나 분명한 현실이다.

'이제 어떻게 해야 하나?'

당장의 심정으로야 돈에 대한 생각에서 완전히 벗어나고
싶다.

그러나 무작정 방치해 둘 수도 없는 노릇이다.

'거액을 무작정으로 버려두는 건, 그 자체로 죄를 짓는 게
아닐까?'

그동안에는 미처 느껴보지 못했던 또 다른 부담감이 그
를 짓누르는 것만 같다.

돈의 무게일까?

그렇다고 무슨 봉사 단체 같은 데다가,

"알아서 좋은 일에 써주세요!"

하고 뭉텅 거금을 던질 생각은 조금도 없다. 좋은 일에
쓸 용의가 없다는 게 아니고, 적어도 거기에 돈을 씀으로써
과연 좋은 일이 된다는 확신이 전제되어야 한다는 생각이
다.

그는 문득 쓴웃음을 짓고 말았다. 생각하기에 따라서는

고민이라고 할 것도 없는 문제다.

그는 이윽고 마음을 정했다.

'내 돈이다! 내 방식대로 쓰면 되는 것이다! 당장에 쓸 데가 없다면, 쓸 데가 생길 때까지 기다리면 되는 일이고.'

                    *   *   *

—어머! 사장님, 어쩐 일이세요? 먼저 전화를 다 주시고?

휴대폰 너머에서 상냥하면서도 상큼한 목소리가 흘러나왔다.

강 팀장이다. 그동안 몇 차례 통화를 하는 동안 철민에 대한 그녀의 호칭은 '사장님!'이 되었다. 그것 외에는 달리 적당한 호칭이 없다는 이유에서였다.

각설하고, 철민은 본론부터 말했다. 증권사들 몇 군데에 분산되어 있는 돈을 당신네 은행으로 모으기로 했다. 대략 3,500억쯤 된다. 그중 3,000억에 대해서 자산 관리를 일임하려고 한다!

강 팀장은 잠시 말이 없었다. 그 잠시의 침묵만으로도 그녀의 굳어버린 표정이 보이는 듯하다.

"단, 조건이 한 가지 있습니다!"

—예! 말씀하십시오, 사장님!

그녀의 '사장님!' 소리가 지금까지와는 또 다른 느낌으로 전해져 왔다.

"그 돈을 굽든 삶든, 그것은 은행에서 알아서 하시고, 어찌 되었든 간에 제비용 제하고 세금까지 제한 후 연 4%는 보장이 되어야 합니다. 그게 안 된다고 하면… 제 돈, 다른 곳으로 돌리겠습니다."

―아……!

강 팀장의 짧은 탄식에서는 숨길 수 없는 다급함이 흘러 나왔다. 이어 조금은 떨리는 목소리로 그녀가 말했다.

―사장님! 잠시만 기다려 주시면 안 될까요? 너무 거액이라… 제 선에서는 감히 결정할 수 있는 사안이 아닙니다. 잠시만 시간을 주시면, 상부의 결심을 받아 즉시 전화를 올리겠습니다!

그는 그렇게 하라고 했다. 그러나 돌아올 대답이야 이미 정해져 있는 것이나 마찬가지다. 은행 측에서야 그 돈을 단순 대출로만 돌려도 4%보다는 훨씬 높은 수익을 올릴 수 있을 테니 말이다.

역시나 강 팀장이 다시 전화를 걸어오기까지는 5분도 채 걸리지 않았다. 그리고 상부의 결심이라는 것은 "정말 감사합니다!"였다.

강 팀장이 짐짓 애교를 섞으며 덧붙였다.

—그런데… 사장님! 나머지 자투리 돈은 어떻게 하시려고
요?

그는 피식 실소하고 말았다. 자투리라! 500억이 졸지에
자투리가 되고 말았다.

"그냥 MMF에 두세요!"

그가 간단히 잘랐다.

—하지만 요즘 MMF의 이율이 너무 박해서…….

"수시로 쓸 일이 좀 있어서 그럽니다!"

—아, 예! 그러시군요! 알겠습니다!

강 팀장이 짐짓 명쾌하게 대답했다.

철민은 곧바로 증권사 세 곳의 계좌 정리에 들어갔다.

담당 PB들을 만날 것 없이 온라인상으로 처리하기로 했
는데, 그동안 그래도 얼굴을 익힌 사이인 그들에게 미안한
감도 있고, 또 막상 얼굴을 마주했다가는 구구절절한 얘기
들이 오갈 것 같아서였다.

이중 삼중으로 거쳐야 하는 보안 인증이 복잡하긴 했지
만, 자금 이체는 수월하게 끝났다. 이만한 거금이 이렇게 간
단히 들고나도 되나 싶을 정도로!

어쨌거나 홀가분했다. 큰 짐이라도 내려놓은 것 같았다.

—이체 확인했습니다, 사장님! 그리고 제가 지금 좀 찾아

뵙고 싶은데, 편하신 장소 있으시면 아무 곳이나 말씀해 주십시오!

상황을 지켜보고 있기라도 했던 듯 강 팀장에게서 곧바로 전화가 왔다.

"아니, 아니요!"

그는 휴대폰에다 대고 손사래까지 쳤다.

지금 자신의 몰골로 누구를 만날 형편이 못 되어서다. 더욱이 강 팀장같이 단아한 미모와 상냥한 미소를 가졌으며, 더욱이 전문가적인 여유와 또 캐리어 우먼의 각 잡힌 기품이 엿보이는 골드 미스는 말이다.

철민은 가만히 눈을 감았다.

그만했으면 나름대로는 끝을 본 듯도 하다.

돈의 끝!

물론 그보다 돈 많은 사람이야 아직도 '수두룩 빽빽'일 것이다.

그런 사람들이 보기에는 '고작 그 정도를 가지고 끝을 말하느냐?'고 할지도 모르겠다.

혹은 '돈에 끝이 어디 있느냐?'고 할지도 모르겠다.

그러나 돈에 관한 한, 그는 더 이상 생각이 없다.

그래서 끝이다.

이제 일상의 소중함을 누릴 때다.

주변에서부터 찬찬히 찾아보면, 그에게도 분명 누릴 만한 것이 있으리라!

제3장
관리 사무소

철민은 계속 원룸에 처박혀 있는 중이다.

그는 아무 일도 하지 않았다. 그저 빈둥거리며 먹고 자는 것만 반복하고 있는 중이다. 폐인의 몰골을 하고서는 원룸 밖으로 나갈 수도 없다.

우선은 기력부터 좀 회복해야겠다 싶어서, 홈쇼핑에서 홍삼에다 각종 보양식이란 것들을 보는 대로 주문했다. 그리고 그것들을 방 한쪽 구석에다 아주 산처럼 쌓아 놓고는 닥치는 대로 먹어 치우고 있었다.

빈둥거리면서 생각해 보았다. 그의 주변에, 그가 일상에서 누릴 수 있는 것이 과연 무엇이 있는지!

없지는 않았다.

낙원상가! 지금 그와 가장 가까운 곳에 있으며, 그가 이어 놓은 엄마와의 끈 때문에라도 소중한 곳이다.

쾡했던 눈빛이 좀 돌아왔다. 깡말랐던 볼에 살집도 좀 붙은 것 같고, 기력도 많이 돌아왔다.

이윽고 철민은 밖으로 나가 볼 마음이 생겼다.

물론 아직은, 아는 사람을 만나면 '어디 아프냐?'는 소리를 들을 것은 아무래도 좀 각오해야 될 듯싶다.

"아이고! 얼굴이 왜 그렇습니까? 안색도 너무 안 좋으시고… 전화도 안 되고 하더니만, 그동안 어디 많이 아프셨던 모양이네! 쯧쯧!"

미리 각오했던 대로다. 육 소장은 철민을 보자마자 혀까지 차가며 걱정을 쏟아냈다. 뒤이어 훈계 겸 충고의 말들이 줄줄이 늘어진다.

'요즘 도대체 무얼 하시는 것이냐? 상가를 이렇게 내버려 두면 안 된다. 생명 없는 콘크리트 건물이라고 해도 주인이 정성을 가지고 운영하는 것과 그렇지 않은 것에는 엄청난 차이가 있다. 아무리 내가 신경을 쓴다고 하더라도 주인이 직접 신경을 쓰는 것과는 근본적으로 다르다. 내가 이런 말하는 것에 대해 주제넘다 하시겠지만, 그래도 드릴 말씀은 드려야겠다. 지금 하시는 걸 보고 있자니, 참으로 안타깝기 그지없다.' 등등.

그러나 철민은 왠지 듣기 싫지가 않았다. 잔소리이되 성의가 느껴진달까?

그는 알고 있다.

남에게, 자신과 크게 상관이 없다고 해도 무방할 사람에게 이런 성의를 가져준다는 것이 얼마나 예외적인 일인지!

누군가에게 이런 성의를 받는다는 게 얼마나 고마운 일인지!

"소장님!"

"예?"

"저기… 받고 계시던 월급이… 얼마입니까?"

철민이 조심스럽게 물었다. 그런데 그게 너무 조심스러웠던 모양이다.

"역시… 부담스럽지요?"

육 소장의 반문이 미처 생각지 못한 것이라, 철민은 설핏 당황하고 말았다.

"아니, 제 뜻은 그런 게 아니라……."

육 소장이 담담히 웃으며 받았다.

"아닙니다! 이미 말씀을 드린 바 있지만, 상가의 운영 형편도 좋지 않은데 굳이 관리소를 둘 필요는 없는 겁니다. 당장에 지출 안 해도 되는 경비 부분부터 한 푼씩이라도 잘라 나가야 하는 것은 당연한 조치이지요!"

육 소장은 지레 오해를 한 모양이다. 하긴 철민이 딴에는 혹시 실례가 되지 않을까 조심하느라고 앞뒤 설명도 없이 월급이 얼마냐고 물어봤으니, 충분히 그런 오해를 살 만도 했다.

"그게 아니라, 소장님 월급을 좀 올려 드리려고요."

육 소장이 언뜻 어이없다는 기색이 되었다.

철민이 다시 차분하게 덧붙였다.

"저한테 상가 운영에 대한 장기적인 계획이 있습니다. 또 그 계획을 뒷받침하기 위한 자금도 넉넉하게 확보가 되어 있고요. 다만 제가 나이가 어리고 경험이 많이 부족해서 소장님 같은 분의 도움이 꼭 필요합니다. 그러니 앞으로도 변함없이 저를 좀 도와주십시오!"

육 소장의 표정이 조금 묘하게 변했다. 그리고 그가 사뭇 무거운 목소리로 말했다.

"저는… 그럴 만한 사람이 못 됩니다!"

"아닙니다! 비록 뵌 지 얼마 되지는 않았지만, 그동안에 보여주신 진심과 성의만으로도, 소장님이 어떤 분이신지 충분히 알고도 남음이 있습니다. 소장님! 앞으로 소장님만 믿고 이 낙원상가를 운영해 나갈 거니까, 많이 도와주셔야 합니다!"

그리고 철민은 육 소장이 뭐라고 하기 전에 일방적으로 진도를 확 빼버렸다.

"자! 그럼 우선… 관리 사무소부터 옮기는 게 어떻겠습니까?"

육 소장이 곧장 걱정스러운 얼굴이 되었다.

"지금대로도 충분한데 굳이 옮길 필요가 있겠습니까? 그러자면… 안 써도 될 비용만 들 테고……."

철민이 얼른 받아서 짐짓 목소리를 높였다.

"돈 걱정은 안 하셔도 된다니까요? 7층은 어떻습니까? 어차피 텅텅 비어 있으니 활용도 할 겸, 그리로 옮기는 걸로 하죠. 그리고 저도 사무를 처리할 공간이 필요하니, 옮기는 김에 공간도 좀 널찍하게 확대해서 그럴듯하게 관리 사무소를 한번 꾸며보는 겁니다. 점포나 사무실을 임대하려는 손님이 찾아왔을 때, 일단 관리 사무소가 그래도 좀 번듯해야 우리 상가에 대한 믿음도 생기고 할 것 아니겠습니까? 그러니까 상가의 발전을 위해 투자를 하는 겁니다."

육 소장은 잠시간 묵묵히 철민을 바라보았다.

철민은 가볍게 웃음기를 떠올렸다.

육 소장이 가만히 고개를 끄덕였다. 그런 그의 얼굴이 문득 밝아진 느낌이다.

철민은 육 소장과 함께 7층으로 올라갔다. 그리고 층 전체를 한 바퀴 둘러보고 나서, 개중 가장 넓고 전망도 좋은 공간을 낙점했다.

잠자코 철민의 뒤만 따라다니던 육 소장이 조금쯤은 조심스럽다는 투로 물었다.

"정말 관리 사무소를 여기로 옮길 작정이십니까?"

그런 육 소장의 말투가 한층 깍듯해졌다고 느끼면서, 철민이 짐짓 흔쾌하게 웃으며 대답했다.

"하하하! 물론입니다! 소장님!"

육 소장의 표정은 여전히 걱정이 반인 듯했다. 그러나 한편으로 기대가 또 반은 생긴 것이리라고, 철민은 지레 눈치를 때려 보았다.

"관리 사무소 이전 건은 소장님께 일임할 테니, 멋지게 한번 꾸며보십시오! 책상이며, 사무 집기류들이며, 아! 그리고 응접세트도 좀 괜찮은 걸로 들여놓으시고요! 그리고 다시 말씀드리지만, 자꾸 돈 들 걱정부터 하지 마시고요!"

육 소장이 잠시 생각을 하는 듯하더니 이윽고 천천히 고개를 끄덕였다.

"알겠습니다. 그럼 곧바로 시작하도록 하겠습니다!"

철민은 쓴웃음을 짓고 말았다. 잠깐 바깥에 나갔다가 저녁 무렵에 다시 상가로 돌아오는 길인데, 상가 1층 계단 입구에 한 무더기의 잡동사니가 잔뜩 쌓여 있는 것을 봤기 때문이다.

책상 몇 개와 의자, 그리고 자질구레한 사무 집기류들인 그것들은 어디에 처박혀 있었던 것인지, 소복이 먼지를 뒤집어쓰고 있었다. 추측컨대, 그동안 상가를 들고났던 가게나 사무실에서 버리고 갔던 물건들을, 육 소장이 따로 챙겨놓은 모양이었다.

철민이 이미 육 소장에게 말을 해놓은 바도 있지만, 돈을 좀 들여서라도 관리 사무소가 괜찮게 꾸며지기를 기대하고 있던 참이다. 그러나 육 소장이 근 반나절이 넘게 바지런히 해놓은 일에 대해 딴 얘기를 할 수는 없는 노릇이었다.

철민이 어정쩡하게 서서 잡동사니 무더기를 보고 서 있는데, 뒤늦게 그를 발견한 육 소장이 총총히 다가왔다. 그러고는 말리는 시늉이었다.

"아아! 가만히 계셔도 됩니다. 이따가 힘 좋은 친구들 몇이 오기로 되어 있거든요!"

그러던 중인데, 위쪽 계단에서 정말로 대여섯이나 되는

건장한 청년들이 '우당탕탕!' 발소리도 요란하게 몰려왔다.

"이겁니까?"

"7층으로 옮기면 되는 거죠?"

청년들은 기세 좋게 잡동사니들에 달라붙었다. 그리고 일부는 엘리베이터로 짐을 밀어 넣고, 또 일부는 짐을 둘러메고는 혈기 넘치는 모습으로 계단을 오르기 시작했다.

그렇게 청년들이 몇 번 오가자 잔뜩 쌓여 있던 잡동사니들은 고작 10여 분 만에 자취를 감췄다.

청년들은 상가 5층에 입주해 있는 헬스장과 합기도 도장의 관원들이라고 했다. 육 소장이 그 두 곳의 관장들과 친분이 있어서 물건들 옮기는 데 힘 좀 써줄 수 없겠느냐고 슬쩍 부탁을 했더니, 흔쾌히 젊은 관원들을 보내주었다고 했다. 그리고 동원된 청년들은 운동 삼아서, 혹은 단지 잠깐의 노력 봉사를 하는 셈으로 와준 것일 뿐이니, 혹시라도 부담 같은 건 가지실 필요 없다고 미리 선을 그었다.

그러나 상가의 주인으로서 철민의 입장은 다를 수밖에 없었다. 청년들의 수고에 대해 몰랐으면 모르되, 이미 알게 된 이상은 그냥 넘어가기가 좀 그랬다. 그도 대학 시절부터 여러 가지의 알바를 해본 경험이 있는 터이지만, 잠깐이든 오래든 어쨌든 노동을 시켰으면 최저 시급 단위로는 계산을 해주는 것이 옳았다. 악덕 사업주 취급을 받지 않으려면 말이다.

"진짜 안 그러셔도 되는데……! 하지만 그래야 마음이 편하시다면야, 뭐……."

육 소장의 반응은 그랬다.

나중에 육 소장은 철민에게 영수증 한 장을 건넸다.

상가 내에 있는 중국집에서 끊은 영수증에는 일련의 목록들이 찍혀 있었다.

짜장면 곱빼기 5.

짬뽕 곱빼기 5.

탕수육 대짜 1.

군만두 5.

*   *   *

상가 7층으로 이전 오픈한 관리 사무소는 매일이다시피 조금씩 달라졌다. 책상과 테이블들의 배치가 수시로 달라졌고, 보이지 않던 화분이며 그림 액자들이 불쑥불쑥 새롭게 자리를 잡고 있기도 했다. 또한 사무실의 모든 것들은 나날이 반짝반짝 광을 더해가고 있었는데, 아마도 청소하는 아주머니들이 아침저녁으로 열심히 쓸고 닦는 모양이었다.

다만 그런 모든 일들은 주로 철민이 사무실에 없는 동안 일어나서, 아침에 사무실에 들어서면서 그는 밤새 우렁각시가 다녀간 듯한 기분을 느껴보기도 했다.

철민은 아침 10시에 관리 사무소로 출근했다. 그리고 가능하면 오후 4시까지는 자리를 지켰다. 물론 그가 출근해서 딱히 해야 할 일이 있는 건 당연히 아니었다. 그러나 종일 원룸에 처박혀 있는 것보다야, 할 일이 없더라도 관리 사무소에서 개기는(?) 것이 훨씬 나았다. 나아가 그는 규칙적으로 출퇴근을 하는 생활을 일상에 정착시켜 볼 작정이었다.

원래 관리 사무소의 출퇴근 규정은 오전 8시 출근에 오후 6시 퇴근이었다. 육 소장이 정한 규정이다. 물론 철민은 예외적 존재이니, 육 소장 스스로가 지키려고 만든 규정인 셈이다.

그러나 육 소장은 그 규정을 잘 지키지 않는 것 같았다. 철민이 직접 확인해 본 적은 없으나, 눈치가 그랬다. 즉, 육 소장은 언제나 오전 8시 훨씬 전에 출근하고, 또한 언제나 오후 6시를 훨씬 넘겨서야 퇴근하는 것 같았다.

관리 사무소에서의 일과가 생각만큼 다분하지 않은 것은 철민에게 참으로 다행이다.

관리 사무소의 하루는 오히려 사뭇 바쁘게 돌아가는 측

면도 있다. 물론 그러한 바쁨을 철민이 만드는 것은 전혀 아니다. 대개 육 소장이 만들거나, 혹은 육 소장으로 인해 만들어지는 것들이다.

오전 10시 30분.

육 소장은 조례를 한다. 조례의 참가자라 해봐야 육 소장 자신과 철민을 제외하면 청소하시는 아주머니 세 분뿐이다. 그나마도 아주머니들은 엄연히 청소 용역 회사에 소속된 분들이다.

처음에 육 소장이 조례의 형식을 강조하는 바람에, 철민이 사뭇 곤란에 처하기도 했다. 철민더러 조례를 주관하라고 했기 때문이다.

육 소장의 주관이란 곧, '훈시' 등의 군대식 느낌이 드는 요식행위를 말하는 것이다. 직업군인 생활을 오래해서일까? 철민를 대하는 육 소장의 태도는, 한참 아래 나이의 대대장을 대하는 늙은 원사 같다. 세세한 부분까지 용의주도하게 살피고 배려하는 한편으로, 지나치다 싶을 정도로 깍듯하다.

철민은 거듭 사양한 끝에야 겨우 '열외'로 빠질 수 있었고, 조례는 육 소장이 전적으로 주관하는 것으로 되었다.

육 소장의 조례는 사뭇 엄숙하기까지 하다. 매일의 중점 사항에다, 주의 사항에다, 그 밖의 자질구레한 당부들을 한

치의 흐트러짐도 없는 자세와 엄격한 말투로 하달한다. 사실 관리 사무소의 업무라고 해봐야 별 특별할 것도 없는 터에, 육 소장의 '훈시'는 어제와 오늘이 늘 비슷할 수밖에 없다. 그렇다고 지루하거나 따분하다는 건 아니다. 바로 육 소장이 강조해 마지않는 기강과 절도 때문이다. 물론 지루하거나 따분하지 않다는 것은 어디까지나 철민의 관점에서 그렇다는 것이다. 청소하는 아주머니들이 어떻게 받아들이고 있는지는 또 알 수 없는 노릇이다.

조례를 마치고 나면 육 소장은 상가의 각 층별 순찰에 나선다.

혼자 남게 된 철민은 신문을 뒤적거리거나, 그나마도 재미가 없으면 그냥 일없이 자리를 지키며 노닥거린다. 그러나 철민이 따분할 만큼 혼자만의 시간을 향유할 수 있는 건 아니다. 어느새 순찰을 마치고 돌아온 육 소장이, 이러쿵저러쿵 상가의 사소하고도 자질구레한 사정들까지 세세히 보고를 하기 때문이다.

철민이 따분하지 못하도록 하는 데 상당한 기여를 하는 요인에 또 한 가지가 있다.

바로 시시때때로 관리 사무소를 찾는 손님들이다. 물론, 철민이 아닌 육 소장을 찾는 손님들이다.

주요한 손님을 꼽자면, 지난번 책상과 사무 집기류를 옮길 때 도움을 준 바 있는, 그것보다는 자그마치 짜장면 곱빼기 다섯 그릇에다, 짬뽕 곱빼기 다섯 그릇, 거기에다 다시 탕수육 대짜 한 개, 그것으로도 모자라 군만두 5인분을 거침없이 흡입한 걸로 더욱 생생이 기억에 남는 놀라운 청년들, 그 청년들이 다니는, 5층의 헬스장과 합기도장의 관장이다. 40대 후반에서 50대 초반쯤의 두 관장은, 육 소장과는 이전부터도 자주 어울려 온 듯 보였다.

"틈만 나면 자리를 비우니, 체육관이며 도장이 잘될 턱이 있나?"

육 소장이 틈만 나면 핀잔을 주지만, 두 관장은 끄떡없다. 오히려 둘은 상가 입주자들로서 애로 사항이나 개선 사항을 토로하고 건의한다는 핑계로 죽을 맞추며 심심하면 찾아와서 커피와 녹차를 축내곤 한다.

그런 그들에 대해 육 소장은 은근히 철민의 눈치가 보이는 모양이었다. 그런 까닭인지 그들이 있을 때면 육 소장은 더욱 깍듯하게 철민을 대했다. 아울러 지금까지 안 하던 "대표님!" 소리를 말끝마다 붙였다.

철민이 육 소장의 의도를 짐작해 보지 못할 바는 아니다. 나이가 한참 아래인 철민을 두 관장이 자칫 쉽게 볼 수도 있겠다 싶은 생각에, 자신부터 그런 호칭과 깍듯한 예우를 보임으로써 철민의 위상을 확고하게 해두려는 것이리라.

"저는 신경 쓰지 마시고 말씀들 나누시죠!"

철민이 눈치껏 뒤로 빠진다. 그러고 나서야 그들의 대화는 좀 더 자연스러워진다.

철민은 뒤로 빠져 있으면서도 그들의 얘기에 쉽게 빠져들곤 했다.

사실 그들끼리의 얘기가 크게 재미있거나 흥미로운 화젯거리가 있는 건 아니다. 그런데도 늘 얘기는 만발한다.

그들의 얘기를 별생각 없이 듣고 있는 것만으로도 철민은 따분할 틈이 조금도 없었다.

제4장

사람들

상가 사람들

관리 사무소로 출퇴근을 하는 일상에 대해, 철민은 점점 더 만족하고 있는 중이다.

딱히 일이라고 할 것도 없이 거저 놀고먹는다는 점에서는 이전의 일상과 딱히 달라진 것도 없다고 하겠다.

그러나 아침에 출근했다가 저녁에 퇴근하는 규칙성만으로도 그의 일상에는 상당한 활력이 붙은 듯했다.

여전히 주도적이지 못하고 방관자적인 입장으로 살아간

다는 건 이전과 마찬가지라고 하겠다.

그러나 같은 공간 안에서 함께 있을 사람들이 있고, 그들의 얘기를 들을 수 있고, 때로 그들과 함께 웃을 수 있다는 것만으로도, 그리하여 혼자가 아닌 누군가와 함께 어울려 이 세상을 살아가고 있다는 것만으로도 '맛'이 느껴지는 듯했다.

'사는 맛' 같은 것 말이다.

철민은 관리 사무소 단골손님인 두 관장과 한결 친숙해졌다.

합기도 관장인 조 관장은 넉살이 좋았다. 처음에는 조금 떨떠름해하는 것처럼 보이더니, 이젠 "대표님!" 소리도 제법 입에 붙인 것 같다.

다만 조 관장은 허풍이 좀 센 편이다.

한창 젊었을 때 조 관장은, 혈기로 소위 '도장 깨기'에 나선 적이 있다고 했다. 전국적으로 다닌 것은 아니고 대구 경북 쪽의 열 몇 군데 무술 도장을 깨고 다녔다는 것이다.

그러나 아무리 '한창 젊었을 때'라고 실드를 친다고 해도 그런 '레전드급'의 과거를 감당하기에 지금 조 관장의 모습은 그때와 너무 딴판이다.

불룩하게 나온 배.

M 자가 선명하도록 벗겨진 앞머리.

그리고 넉살스러운 입담까지.

그는 그저 서울 변두리 허름한 상가에 자리 잡은 작은 합기도 도장에 딱 어울린다.

조 관장의 허풍은 '레전드급의 과거'에서 한 걸음을 더 나아갔다. 자신의 사부 얘기다.

요즘 시대에 사부라는 말 자체가 조금은 코믹하게 들리겠지만, 그 사부가 가히 한 시대를 주름잡은 진정한 무술 고수였다는 얘기에 다다르자 결국 허풍으로 귀결될 수밖에 없는 노릇이었다.

철민은 조 관장의 합기도 도장에 등록을 했다.

조 관장의 허풍에 넘어간 건 아니고, 그의 사뭇 노골적인 영업에 못 이긴 척 넘어가 준 것이다.

"젊은 분이 운동을 해야 합니다. 요즘 세상이 얼마나 험합니까? 남자가 되어 간단한 호신술 정도는 필수적으로 익혀 놓아야 하는 겁니다. 최소한 여자 친구와 데이트하다가 험한 꼴을 당했을 때, 여자 친구를 보호할 정도는 되어야 하지 않겠습니까? 그런 점에서 합기도가 참 좋습니다. 오랜 기간 수련을 하지 않고도 실전에 효과적으로 써먹을 수 있는 아주 강력한 호신술이거든요."

조 관장이 철민에게 반복적으로 해댄 말들이다. 아주 세 뇌라도 시킬 듯이!

그것으로도 모자라 조 관장은 이윽고 강권을 하다시피 했다.

"내가 다른 뜻이 있어서 이러는 게 아닙니다. 돈이요? 아이고, 안 받아요, 안 받아! 우리가 어디 남입니까? 대한민국 서울! 거기서 다시 이 작은 낙원상가에서 이렇게 만났으니, 이게 어디 보통 인연이겠습니까? 그리고 옛날로 치면 한솥밥을 먹는 사이, 즉 식구 아닙니까, 식구! 나는 정말로 우리 대표님을 위하는 마음에서, 대표님에게 조금이라도 도움이 되라고 권하는 겁니다. 좋은 일은 빨리 시작할수록 좋은 법! 괜히 미룰 것 없이, 오늘부터 당장 우리 도장에 나오세요! 그리고 하루 한 시간씩만 투자하세요! 넉넉잡고 석 달 뒤엔 강한 남자로 변해 있을 것을, 내가 확실히 보장하겠습니다!"

그렇게까지 나오니 철민으로서도 계속 거절할 수 없는 노릇이었다. 아주 안 볼 작정을 하지 않는 다음에는 말이다.

철민은 조 관장에게 등을 떠밀리다시피 하여 도장으로 갔고, 별수 없이 등록을 했다. 조 관장이 돈은 절대 안 받겠다고 손사래를 치는데도 불구하고, 아니 짐짓 손사래 치는 시늉을 하는데도 불구하고 관비를 냈음은 물론이다. 그것도 자그마치 3개월 치를 선불로!

그뿐이랴? 다음 날부터 조 관장은 아예 정규 코스라도 되는 듯 점심을 먹고 나서 오후 1시 반쯤이면 어김없이 관리사무소로 왔다. 그리고 커피 한 잔에 육 소장 등과 이런저런 수다를 떨다가, 오후 2시가 되면 여지없이 철민의 등을 떠밀어 도장으로 데리고 갔다.

어쨌든 철민도 일단 해보자고 한 것이니, 며칠도 채우지 못하고 그만두겠다는 말은 차마 할 수가 없어서, 울며 겨자먹기로 순순히 등을 떠밀리는 수밖에 없었다. 그래도 한 달은 채우고 나서 "아무래도 나하고는 안 맞는 것 같다!"며 그만둘 요량이었다.

실제로 합기도는 그에게 잘 안 맞았다. 하긴, 합기도가 아니라 타고난 운동신경 자체가 떨어지는지 어릴 때부터 운동은 전반적으로 다 '꽝!'이었다. 유일하게 스스로의 의지로 운동을 했던, 초등학교 졸업하고 중학교 입학 때까지 3개월간 권투 도장에 다닐 때도 그랬다.

그는 열심히 한다고 했지만, 당시 사범은 그에게 자질이 없다고 했고, 결국 원투 스트레이트 흉내나 내다가 그만뒀었다. 더욱이 이제는 곧 서른을 앞둔 나이가 되다 보니, 유연성 같은 건 아주 확연히 퇴화되고 있는 느낌이었다. 도장에 나간 첫날, 몸풀기에서부터 그는 아주 고문을 당하는 심정이었다. 이어 무슨 기본 식이니 기초법이니 하며 동작들을 따라 하라는 데서, 그는 일찌감치 포기하고 그냥저냥 따라 하는 흉내나 냈다.

웃기는 건, 조 관장도 철민을 제대로 가르쳐 보려는 생각은 벌써부터 포기한 듯 보였다는 것이다. 아니, 어쩌면 그는 처음부터 철민을 가르쳐 보려는 목적보다는, 다만 관원 한 명을 더 확보한다는 차원이었을 것이다. 혹은 건물주와 보다 긴밀한 관계를 유지하는 수단으로 생각했을지도.

도장의 운영이 시원치 않은 줄은 진작부터 짐작하고 있는 바였지만, 철민이 직접 도장에 다녀 보니 제대로 실감이 되었다. 아무리 오후 2시의 한가한 시간대라고 해도, 운동하러 오는 관원이라고 해봐야 네다섯에 불과했다. 심지어 다닌 지 며칠 되지도 않았는데 철민 혼자서 맨손체조로 몸이나 잠깐 풀다가, 나머지 시간은 조 관장과 실없이 '농담 따먹기'나 하다가 끝내는 경우도 있었다. 이래서야 도장을 계속 지탱해 나갈 수 있을지 괜한 걱정이 되기도 했다.

매일 규칙적으로 해야 하는 일이 한 가지 더 추가되었다는 게 귀찮기는 하다.

그러나 아주 싫거나 괴로운 정도는 아니다.

오히려 좋은 점이 더 많다.

우선은 놀기 삼아 설렁설렁하는 것이라도, 매일 한 시간씩 몸을 풀어주는 것만으로 일상에 활기가 더해지는 느낌이 분명 있었다.

그리고 조 관장과의 사이가 보다 돈독(?)해짐으로써, 육소장을 끼워 셋이서 가끔씩 밥도 먹고, 간단히 술도 한잔씩 하고, 또 그러면서 상가에 입주해 있는 다른 점포주들과도 조금씩 안면을 익혀 나가게 된 것은 부가적인 소득이었다.

그렇게 흘러가고 있었다, 철민의 새로운 시간은.

이제는 제법 익숙하게 새로운 시간의 흐름 속에 녹아드는 느낌이 제법 만족스럽다.

새로 생긴 인연들 사이에서, 하나씩 하나씩 벌어지는 일들을 구경하듯 찬찬히 지켜보는 매일의 일상이 좋았다.

특별히 흥미롭거나 재미있는 일은 아니지만, 어쨌든 더 이상 외로움에 사무치지 않게 되었다는 것만으로도 좋았다.

요즘 애들

조례 시간.

육 소장은 청소하는 아주머니들에게 질책성 주의를 주었다. 계단의 청소 상태에 대해서다. 각층의 계단마다 청소 상태가 아주 엉망이라는 것이었다.

아주머니들은 볼멘소리를 했다. 자신들도 힘들다는 얘기였다. 학생들이 삼삼오오 계단에 모여 담배를 피워대는데, 요즘 애들이 얼마나 영악한지 담배를 피운다고 나무라는 건 아예 엄두도 못 내고, 그저 담뱃재며 꽁초를 아무 데나 버리지 말라고 부탁이라도 하려고 하면 당신이 뭔데 담배를 피우라 마라 간섭이냐며 대드는 건 예사고, 어떨 때는 서슴없이 욕지거리까지 해대니 무서워서 감히 뭐라고 하지를 못한다는 것이었다.

사정이 그러다 보니 하루에 몇 번씩이나 청소를 한다고 해도 청소를 하고 돌아서면 금방 또 담배꽁초며, 음료수 캔이며, 과자 봉지며 온갖 쓰레기와 가래침으로 인해 엉망이 되어버리니 자신들로서도 어쩔 수가 없는 문제라고 했다.

그런 사정에 대해서는 육 소장도 이미 알고 있는 듯했다. 그의 톤은 다시 부탁조로 바뀌었다.

"그렇더라도 계단을 쓰레기더미로 방치해 둘 수는 없는 노릇 아닙니까? 어려움이 많은 건 알지만, 아주머니들께서 조금 더 세심하게 신경을 써 주세요!"

"학생들이 계단에서 담배를 많이 피우는 모양이죠?"

조례를 마치고 청소하는 아주머니들이 나가고 난 다음 철민이 육 소장에게 물었다.

육 소장은 절레절레 고개를 저었다.

"아주 개판입니다. 중고등학생에서부터 어떤 때는 아주 새파란 초등학생들까지, 나~ 참! 세상이 도대체 어떻게 되려고……. 하여간 말세입니다, 말세!"

"그렇다면 아주머니들께만 뭐라고 해서 될 일은 아닌 것 같은데, 다른 방법은 없겠습니까?"

"그게… 6층은 학원가에다 5층의 체육관과 도장에 다니는 애들이 있으니 애들의 출입을 아주 막을 수도 없는 노릇이고… 일단은 제가 순찰을 강화하도록 하겠습니다! 에이, 못된 놈들! 시범 케이스로 몇 놈 잡아서 아주 단단히 혼꾸멍을 내든가 해야지!"

그때 마침 조 관장이 관리 사무소 안으로 들어섰다. 오늘은 아침부터 커피 생각이 난 모양이었다. 육 소장이 상기되어 있는 걸 보고는 무슨 일이냐 묻더니, 이내 휘휘 고개를 저었다.

"아이고, 소장님! 요즘 애들 잘못 건드렸다가는 괜히 큰 코 다칩니다. 우리 도장에도 중고생들이 다니지만, 요즘 애들 나이만 어리지, 몸집이나 하는 짓을 보면 절대로 애들이 아니에요! 웬만한 어른은 아주 찜 쪄 먹고도 남는다니까요?"

*　　　*　　　*

퇴근길의 철민이 엘리베이터를 기다리고 있었다. 그런데 문득 아침의 일이 생각났다. 그래서 계단으로 한번 내려가 보기로 했다. 무얼 어떻게 해보겠다는 것보다는, 실상이나 확인해 보자는 생각이었다.

7층에서 4층까지는 그런대로 깨끗했다. 그런데 4층에서 3층으로 내려가자니, 계단을 타고 뿌연 담배 연기가 올라오고 있었다.

두런두런 말소리도 들리는데, 굵직한 목소리와 아직 변성기가 지나지 않은 앳된 목소리가 섞여 있었다. 말투는 거칠었고, 태반이 욕이었다.

철민은 저도 모르게 발소리를 죽이며 몇 계단을 더 내려갔다. 아래쪽에 모여 있는 애들이 보인다. 네 명쯤이었는데, 대충 가슴 아래쪽으로만 보였지만 그것만으로도 덩치들이 보통이 아니라는 것을 알 수 있었다.

철민은 다시 계단을 올라왔다. 계단을 엉망으로 만드는 녀석들임에 분명하니 일단 마주친 다음에는 뭐라고 가볍게 주의라도 주어야 할 입장인데, 그런 생각만으로도 벌써부터 가슴이 떨리기 시작하니, 도무지 엄두가 나지 않아서였다.

그때 철민이 퍼뜩 생각나는 한 사람이 있었다. 바로 조 관장!

조 관장이야말로 이럴 때 가장 필요한 사람이 아니겠는가? 조 관장이 나름의 필요에 의해 그와의 관계를 관리하고 있는 것이라면, 그 또한 이럴 때 필요에 의해 그를 활용할 수도 있지 않겠는가? 또한 조 관장이 젊었을 때는 자그마치 열 몇 군데에 이르는 무술 도장을 깨고 다녔던 대단한 고수였으며, 지금까지도 진정한 무술인으로 살아가고 있노라고 스스로 말한 바 있으니, 지금 아래쪽 계단에서 담배를 피우고 있는 불량 학생 몇쯤 훈계하는 것 정도야 그저 인상 한 번 쓰는 것만으로도 충분할 것이 아니겠는가?

이런 일쯤, 조 관장에게는 별로 수고라고 할 것도 없는 것이다.

"오늘 수련 끝났습니까?"

철민이 관장실 문을 열고 들어가자, 조 관장은 의아한 기색이었다.

"마지막 한 타임이 남긴 했는데… 왜요?"

조금쯤 늘어지는 조 관장의 말꼬리에 슬쩍 기대감 같은 것이 묻어 있었다.

"육 소장님과 술 한잔하기로 했는데, 관장님도 시간 되시면 간만에 셋이서 함 뭉칠까 해서요!"

"아, 그래요……?"

조 관장이 조금 더 말꼬리를 늘였다.

"쭌에서 만나기로 했는데……."

그 말에 조 관장은 이윽고 확연하도록 반색을 했다.

쭌은 상가 3층에 있는 실내 포장마차 형태의 술집이다. 독신인 조 관장이 최근, 역시 독신인 그곳 여사장에게 필이 꽂혀 있는 중이라는 말을 육 소장이 무슨 얘기 끝에 슬쩍 흘리는 것을 철민이 들은 바 있다.

"종태야! 오늘 7시 부는 네가 좀 가르쳐라!"

조 관장이 바깥을 향해 소리쳤다.

"예! 관장님!"

도장의 안쪽 구석에서 혼자 샌드백을 차고 있던 청년이 대답을 했다. 그 대답에 익숙함이 묻어 있는 것으로 보아 청년에게 이런 일은 드물지 않은 모양이었다.

"가시죠! 대표님!"

조 관장은 자신이 먼저 서둘렀다.

철민은 실소가 나오려는 걸 애써 참았다.

"계단으로 내려가시죠?"

엘리베이터 버튼을 누르려는 조 관장의 옷깃을 철민이 슬쩍 잡아당겼다.

"엘리베이터를 두고 계단은 왜……?"

"제가 요즘 웬만하면 계단으로 다니는 중이거든요! 하체 힘 좀 키워 보려고요!"

"아, 그래요? 그렇지만 계단은 올라가는 건 좋아도, 내려가는 건 관절에 별론데……."

"저도 그런 말을 듣긴 했는데, 다녀 보니까 뛰지만 않으면 내려갈 때도 제법 운동이 되는 것 같더라고요!"

조 관장은 좀 덜 떠름한 기색인 것 같다. 그러나 철민은 못 본 채 곧장 계단으로 내려섰다.

문제의 4층에서 3층으로 내려가는 계단으로 접어들 때 철민은 반가운 마음이었다. 진한 담배 냄새와 웃고 떠드는 소리가 여전한 것에 대해.

"어이, 거기! 너희들 지금 뭐 하는 거야?"

철민은 계단을 내려가며 일단 소리부터 쳤다.

아래쪽에 모여 서 있던 녀석들이 일제히 시선을 돌렸다. 모두 네 녀석이다.

"너희들, 학생이지? 학생이 어디서 담배를 피우고 있나?"

철민이 대뜸 훈계조로 나가자, 녀석들은 일단 담배를 뒤로 숨기는 시늉을 했다.

그런데 그중 한 녀석은 예외였다. 오히려 철민을 향해 사납게 눈을 부라리며 아예 보란 듯이 담배를 빠는 그 녀석은, 비슷한 유명 메이커 패딩 차림인 세 녀석과는 달리 홀로 몸에 딱 붙는 청재킷에다 사뭇 언밸런스하게도 엉덩이가 축 처지는 소위 '똥 싼 바지'를 입고 있었다. 그리고 짧게 깎은 머리에 무스를 잔뜩 발라서 마치 랩을 씌워 놓은 듯 착 달라붙어 있었는데, 그런 모습만으로도 녀석은 이미 충분히 불량스러웠다.

"누가 학생이래? 그리고 학생이면 왜? 뭐 어쩔 건데?"

깊게 들이마신 연기를 길게 내뿜으며 청재킷이 말했다. 말이 처음부터 아예 반 토막이다.

철민은 바로 등 뒤에 버티고 선 조 관장을 한번 돌아보았다. 그러고 나서야 다시 목소리에 힘을 줄 수 있었다.

"이 녀석 말하는 것 좀 보게? 야! 너, 몇 살이냐?"

청재킷이 인상을 확 썼다.

"이런, 씨……! 남의 나이는 왜 물어? 먹을 만큼 먹었어! 민증 까야 되는 거야?"

철민은 다시 한 번 뒤를 돌아보았다. 그로서는 더 이상 감당하기 버겁다는 SOS 신호였다.

그제야 조 관장이 앞으로 나섰다. 그리고 사뭇 덤덤하게 청재킷을 불렀다.

"어이!"

"아! 씨발! 이건 또 뭐야? 누구 보고 어이래? 씨발!"

이윽고는 청재킷에게서 욕이 튀어나왔다.

"어허! 이놈 보게? 어른한테 무슨 버르장머리가 그러냐? 어른이 불렀으면 곱게 대답을 해야지?"

조 관장은 여전히 덤덤한 투였다.

"니미! 어른은 무슨……? 그래, 왜? 왜 불렀는데?"

"저 담배꽁초! 너희들이 버린 거 맞지?"

"맞으면?"

"주워라!"

조 관장의 말에 청재킷은 피식 실소를 흘렸다. 그리고 녀석이 들고 있던 담배를 손가락으로 튕겼다.

팟!

불이 붙은 채 계단 아래쪽으로 날아가 벽에 부딪쳤고, 순간 허공에 한 무리의 불꽃을 명멸시키며 바닥으로 떨어졌다.

"캬~ 아악~ 퉤!"

청재킷이 거창하게 가래침을 뱉고는 성큼 조 관장에게로 다가들었다.

"못 하겠다면 어쩔 건데? 씨이~ 발! 어쩔 거냐고?"

"허허! 그놈의 자식 참……!"

조 관장은 허허거렸다. 그리고 그는 처음으로 설핏 표정을 굳혔다.

"너, 그러다 코피 난다?"

그런데 조 관장의 그 말에 청재킷은 오히려 열이 뻗치는 모양이었다. 녀석이 힐끗 제 친구들을 돌아보고는 피식거리며 뱉었다.

"야! 니들 들었냐? 여기 이 꼰대가 코피를 내겠다는데?"

그러더니 청재킷은 돌연 웃음기를 거두었다. 그러고는 곧장 조 관장의 턱 아래로 머리를 들이밀었다.

"자! 어디 한번 해보시지? 코피 한번 내보라고?"

청재킷이 숫제 머리로 조 관장의 가슴팍을 들이박았다.

조 관장이 움직인 것은 바로 그 순간이었다. 큰 움직임은 아니었다. 그저 그의 두 손이 잠깐 어떻게 움직인 것 같았다. 그나마도 철민이 지금까지 짧게나마 도장에서 보아왔던 합기도 기술 같은 것은 아닌 것 같았다. 그냥 간단하게 양손을 휘저었다고 할까? 그런데 그다음 순간이었다.

"악!"

짤막한 비명이 터져 나왔다. 청재킷이었다. 녀석이 비실비실 뒤로 물러나고 있었다. 벽까지 물러난 뒤 녀석은 목과 어깨가 불편한지 고개를 돌리고, 또 오른쪽 어깨를 주물렀다. 그런 녀석에게서는 좀 전까지의 사뭇 거칠었던 불량기는 더 이상 보이지 않았다.

"니들! 전부 이리로 와라!"

조 관장의 목소리는 여전히 덤덤했다.

그러나 녀석들은 확연히 움찔거리며 서로의 눈치를 살피는 모습이었다. 그러더니 한순간 청재킷이 먼저 후다닥! 계단을 뛰어 내려갔고, 뒤이어 나머지 세 녀석이 앞다퉈 줄행랑을 쳤다.

"어라~ 라? 야, 이놈들! 거기 안 서나?"

조 관장의 호통이 계단 사이의 공간을 울렸다. 그러나 막상 조 관장은 녀석들을 쫓을 생각은 없는지 제자리에 선 채였고,

우당~ 탕탕!

계단을 뛰어 내려가는 녀석들의 발소리만 조금 더 급하게 만들 뿐이었다.

"에이, 씨발!"

두어 층 밑에서 녀석들의 욕지거리가 들리는가 싶더니, 이내 녀석들의 흔적이 사라졌다.

철민은 조 관장이 새삼스러웠다. 실망스럽기도 했고, 흥미롭기도 했다.

우선 실망스럽다는 것은, 조 관장이 잠깐 선보인 실력(?)에 딱히 이렇다고 할 게 없었기 때문이다.

번개처럼 빠른 펀치나 화려한 킥도 아니었고, 그렇다고

고난도의 관절기를 구사한 것도 아니었다. 그러니 '젊었을 때는 자그마치 열 몇 군데에 이르는 무술 도장을 깨고 다녔던 대단한 고수였으며, 지금까지도 진정한 무술인으로 살아가고 있는' 그의 실력은 여전히 믿기 어려워서, 두둑한 살집에서 나오는 완력에 더해진 '요행수'가 아니었을까 하는 생각까지 들었다.

한편 흥미롭다고 한 것은, 지금 조 관장이 짓고 있는 표정과 그의 배—그의 주장에 따르면 절대로 똥배가 아니라 안에 내공이 잔뜩 쌓여서 불룩해 보인단다—때문이었다.

그는 아주 의기양양하다 못해 사뭇 거만하기까지 한 시선을 철민에게 보내고 있는 중이었다. 그런 와중에 숨이 가쁜 듯 연신 불룩거리며 아주 실감 나게 움직이는 그의 자못 거대한 배가, 그런 그의 의기양양함과 묘한 대비를 이루고 있었다.

어쨌거나 철민은 조 관장의 공을 인정해 주기로 했다.

"대단하십니다!"

"에이! 뭘… 이 정도 가지고……!"

조 관장은 어깨를 으쓱거렸다.

조 관장의 그런 '거만함'이 철민은 '아주 조금' 거슬렸다. 좀 전까지만 하더라도 '대표님!'으로 대우받던 것과 지금의 상황이 비교가 되지 않을 수 없었으니 말이다. 그러나 철민은 기꺼이 정중함을 베풀었다.

"가시죠, 관장님!"

철민이 내심 기대하는 바가 있기는 했다. 뭔가 모르게 살짝 비틀어져 버린 듯한, 조 관장과의 역학 관계를 금방 바로잡아 줄 누군가에 대한 기대였다. 바로 육 소장!

*　　　　*　　　　*

'쭌'에 들어서자마자 조 관장의 두 눈이 빠르게 내부를 훑었다. 여사장부터 찾는 것이리라.

그리고 구석진 테이블의 손님 옆자리에 착 달라붙듯이 앉아 있는 여사장을 보는 순간, 조 관장의 눈은 잠깐의 반가움에 이어 사뭇 날카로운 빛을 발했다.

"소장님은 아직 안 오셨나 보네요?"

조 관장이 애써 시선을 흩뜨리며 말했다.

철민은 짐짓 의뭉스럽게 휴대폰을 꺼내 들었다.

"제가 전화 넣어보겠습니다!"

순간 조 관장의 표정이 설핏 굳어지는 것 같았다.

이제야 대강 눈치를 챈 건가 싶었지만, 철민은 태연스레 전화를 끝냈다.

철민이 홀 중앙에 위치한 테이블에 자리를 잡고, 서빙하는 총각을 불러 주문을 했다.

보고 있던 조 관장의 얼굴이 금세 또 밝아졌다.

가게에서 제일 비싼 국산 양주 한 병! 과일 안주 큰 것 하나와 스테이크 큰 것 하나!

이 정도면 여사장이 자리를 옮겨 와 주기에 충분할 것이다.

얼마 지나지 않아 육 소장이 쯘으로 올라왔다. 그리고 철민이 기대했던 바의 효과는 곧바로 나타나서, 조 관장의 입에서 즉시 '대표님!' 소리가 나왔다.

다시 얼마 지나지 않아 조 관장이 고대해 마지않던 여사장이 테이블에 합류했다.

여사장은 40대 중반쯤의 나이를 짙은 화장으로 가린 티가 났으나, 몸에 착 달라붙는 옷으로 중년의 농익은 몸매를 한껏 과시하고 있었다.

조 관장은 여사장에게서 차마 시선을 떼지 못했다. 아마도 글래머가 취향인가 보았다.

여사장이 철민에게 아는 체를 한 것은, 어쨌든 갑과 을의 관계이니 모두에게 이해가 될 법도 했다.

그러나 여사장이 위태로워 보이도록 타이트한 원피스 자락을 추스르며 철민의 옆자리에 앉으려 한 것은 모두가 이해할 법한 상황이 아니었다.

조 관장의 두 눈이 대번에 샐쭉해졌다. 뿐만 아니라 이어 철민에게로 향하는 그의 시선은 사뭇 위협적이기까지 했다.

철민도 부담스러웠다. 조 관장의 그런 시선과 여사장이 풍기는 진한 향수 냄새와 살짝 닿기만 하면 터지고 말 듯한 풍염한 살집도!

그는 재빨리 조정을 했다. 여사장이 조 관장의 옆자리에 앉도록.

조 관장의 입이 대번에 쩍 벌어졌다. 그리고 곧바로 그의 입담이 시작되었다. 화려하고 흥미진진한 한 편의 무용담이 펼쳐졌다. 바로 조금 전, 다른 곳도 아닌 이곳 낙원상가의 계단에서 벌어진 일대 활극에 대한! 그 혼자서 산만 한 덩치 여덟 명과 벌인 8 대 1 대결에 대한!

그 굉장한 대결을 직접 목격한 입장에서 철민은 그저 묵묵히 듣고 있을 수밖에 없었다.

다만 예상해 볼 뿐이었다. 다시 얼마간의 시간이 지나고 나면 조 관장의 무용담이 아마도 17 대 1의 신화쯤으로 진화할 것임을!

그때 한 무리의 손님이 가게 안으로 들어왔다. 여사장이 반색하며 자리에서 일어서더니,

"어머! 이 사장님!"

코맹맹이 소리를 하며 잰걸음으로 달려갔다. 아마도 제법

매상을 올려주는 단골손님인 모양이다. 혹은 철민이 시킨 대략 20만 원쯤의 술과 안주의 약발이 이제 다 떨어진 것인지도!

끝없이 확대 재생산을 이어갈 듯하던 조 관장의 무용담도 별안간 종결을 맞았다. 그리고 그는 엉뚱한 것을 트집 잡았다.

"대표님! 설마 이것 가지고 때우려는 건 아니지요? 그럼 섭섭하지요! 오늘은 우선 간단하게 한턱내신 거고, 다음에 다시 정식으로 한턱내시는 겁니다?"

농담 같으면서도 농담 같지 않았다. 조 관장은 역시 넉살이 좋은 사람이었다.

그런 넉살에 육 소장이 입을 열었다.

"조 관장! 거 생색이 너무 심한 것 아냐? 기껏 애들 몇 명 훈계한 걸 가지고 말이야?"

육 소장의 핀잔에 조 관장이 대번에 펄쩍 뛰었다.

"아이고! 소장님은 무슨 말씀을 그렇게 하십니까? 소장님이 못 보셔서 그렇지, 기껏 애들이 아니었다니까요? 아주 산만 한 덩치의 거구들이었다니까요? 안 그래요, 대표님?"

그에 철민은,

"예, 예! 그럼요… 그랬지요!"

하고 받아줄 수밖에!

그러고 보니 '정식으로 한턱'을 약속해 버린 꼴이 되고 말
았다.

물론 언짢은 기분은 아니었다.

제5장

진 노사

"대표님! 오늘 저녁에 시간 좀 어떠십니까?"

여느 때처럼 출근 도장을 찍듯 오후 1시 반쯤 관리 사무소에 들른 조 관장이 은근한 투로 물었다.

그 말에 철민은 '정식으로 한턱'에 대한 은근한 압박을 느낄 수밖에 없었다. '8 대 1의 대결'이 있은 지 이제 기껏 일주일쯤밖에 지나지 않았는데 말이다. 그렇다고 미리 선부터 긋고 볼 수는 없는 노릇이었다.

"아직까지는 뭐… 딱히 정해진 일은 없습니다. 그런데 그건 왜 물으십니까?"

"아, 그게……! 오늘 저녁에 정말 만나기 어려운 귀한 분을 보기로 되어 있는데, 혹시 우리 대표님께서 관심이 있다고 하시면 소개해 드릴까 해서 말입니다."

철민이 가볍게 미소를 짓는 것으로 대답을 대신했다. 별 관심이 없다는 표시다. 그러자 조 관장이 얼른 말을 보탰다.

"그분은 세상의 명리 따위는 초개와 같이 여기며 초야에 묻혀 사시는 기인인데, 우리 사부님께서도 생전에 존경하여 선배로 모셨을 만큼 정말로 대단하십니다."

그 말에 철민은 언뜻 의문이 들었다. 전에 듣기로, 조 관장의 사부라는 인물은 가히 한 시대를 주름잡은 바 있는 진정한 무술 고수였다고 했는데, 그런 엄청난 인물이 존경하여 선배로 모신 인물이라니? 이건 띄우는 정도가 너무 심한 것 아닌가.

철민의 의구심을 짐작하기라도 한 듯 조 관장의 말이 한층 더 빨라지고 있다.

"그분은 아무나 만나고 싶다고 만날 수 있는 분이 아니에요. 어떻게 용하게도 알음알음 그분에 대해 듣고, 그분하고 나와의 인연에 대해 알았는지, 꼭 한 번 그분과의 자리를 마련해 달라고 몇 번이나 부탁해 오는 사람들도 있었어요. 그러나 에이… 그분이 속세의 사람과 만나는 걸 얼마나 꺼리는지 잘 아는데, 어떻게 감히 말이라도 꺼낼 수가 있어야지요. 섭섭하다는 소리 들을 걸 알면서도 일언지하에 안 된다고 잘라버리곤 했지요. 그러나… 우리 대표님이 원하신다면 그건 또 얘기가 달라지죠. 내가 우리 대표님이 어떤 분인지를 이미 알고 있으니 그분께 한번 소개를 시켜 드려도 괜찮겠다! 에… 또! 그래서 두 분이 만난다면 상당히 뜻깊은 자리가 될 수 있겠다! 그런 생각을 하고 있던 참에, 마침 오늘 그분이 저를 찾아오신다고 하니, 특별한 자리를 한번 만들어 볼까 하는 생각이 퍼뜩 들더라는 겁니다."

조 관장의 '썰'은 쉽게 멈출 것 같지가 않았다. 더욱이 이쯤 되면, 조 관장이 바라는 바에 대해 대강 눈치라도 채지 못할 수 없는 노릇이었다. 대접을 해야 할 손님이 있다는 것이리라. 그것도 간단하게가 아닌, 제법 거하게 대접을 해야 할.

그래서 철민을 슬쩍 끌어들임으로써, 자기 돈은 들이지 않고 어떻게 한번 해보겠다는 계획을 세운 것이리라.

그야말로 얄팍한 속셈이었다.

그러나 괘씸하다는 마음까진 아니었다. '뭐 그 정도쯤이야!' 하는 정도랄까?

더하여 철민은, 조 관장이 그렇게나 '대단한 고인(高人)'이라고 입에 침이 마를 정도로 숭배하는 사람에 대해 가볍게나마 호기심이 생기기도 했다. 물론 조 관장이 자신의 '진짜 속셈'을 위해 사뭇 과장되게 가져다 붙이는 말이라는 것을 충분히 짐작하면서도.

그리고 일단 호기심이 생겼기에 그것을 굳이 억누르고 싶지는 않았다. 얼마 안 되는 비용을 지불해야 한다는 이유 때문에는!

"관장님이 그렇게까지 말씀하시니, 시간을 한번 내보도록 하겠습니다. 그럼… 4시 전까지 시간과 장소를 알려주십시오."

철민이 굳이 '4시 전까지'라고 제한을 둔 것은, 괜스레 그냥 한번 부려본 까탈이었다.

4시 10분 전!

철민은 '그냥 한번 부려본 까탈'을 즐기고 있는 중이다.

'4시 정각에 칼퇴근을 해버릴까, 아니면 한 10분쯤 더 기다려 줄까?'

그때 휴대폰이 울렸다. 조 관장이다.

"예! 7시에… 일식집요? …종각역에서 택시로 기본 요금 거리라고요?"

조 관장이 정한 약속 장소는 시내에 있는 어느 일식집이다.

"우리 상가에도 잘하는 식당이 있는데, 뭐 하러 굳이 시내까지 나가? 저녁 시간에 교통이 얼마나 복잡한데."

옆에서 듣고 있던 육 소장이, 조 관장이 들으라는 듯 짐짓 목소리를 높여 핀잔을 준다.

철민 역시 개운치 않은 기분으로 전화를 끊었다. 약속 장소가 낯선 것도 그렇지만, 시간도 영 어중간했다. 7시라면, 관리 사무소에 있다가 가기에는 시간이 너무 많이 남는다. 그리고 '4시 퇴근'이라는 일상의 흐름을 깨고 싶지도 않았다.

철민은 일단 퇴근을 하기로 했다. 원룸에 있다가 시간에 맞춰 약속 장소로 나갈 작정이었다.

*　　　*　　　*

철민은 과감히 차를 몰고 나가기로 했다. '대단한 고인(高人)'을 만나는 데 대한 대가로 '얼마 안 되는 비용'쯤 기꺼이 부담하기로 한 각오에, 직접 차를 몰아 러시아워의 시내로 나간다는 참으로 대단한 각오를 스스로 추가한 것이다.

그런 데 대한 특별한 이유는 없다. 그냥 갑자기, 그렇게 해볼 용기 내지는 만용이 불쑥 생겼을 뿐이다.

사실 요즘, 짬이 날 때마다 운전 연습을 하고 있다. 물론 동네 주변 도로를 살살 돌아다니는 정도지만, 그래도 이제 제법 자신감이 붙어서 조만간 좀 더 복잡한 거리로 나가 볼까 하던 중이었다.

술을 마시게 되면 대리운전을 이용할 생각도 해두었다. 그것도 경험해 두어야 할 연습 중 하나라고 치고!

철민은 겨우 목적지에 도착했다.

어떻게 운전을 하고 왔는지는 아예 기억이 나지 않았다.

선명하게 실감이 되는 건 온몸의 뻐근함이다. 내내 초긴장 상태에서 로봇처럼 빳빳하게 굳은 채로 운전을 한 탓이리라.

그래도 뿌듯하다. 어쨌든 무사히 해낸 것이다.

다행스러운 점은 주차장이 건물 외부에 있고, 또 아주 널찍하다는 것이다. 덕분에 왕초보 티까지는 내지 않고도 어렵사리 주차를 할 수 있었다.

그제야 여유를 좀 가지고 일식집의 외관을 훑어보니 규모가 제법 크다.

카운터에서 확인을 하니, '조 관장'으로 예약이 되어 있었다. 안내하는 종업원의 뒤를 따라가면서 철민은 가볍게 쓴웃음을 지을 수밖에 없었다. 가게 내부의 고급스러운 인테리어에서 새삼 '만만치 않게 비싼' 곳이란 걸 짐작해 볼 수 있었기에!

예약된 방 앞에는 이미 두 켤레의 신발이 가지런히 놓여 있었다.

방문을 열자, 가운데 커다란 상이 하나 놓여 있고, 두 사람이 나란히 앉아 있었다.

철민은 조 관장과 스치듯이 눈인사를 한 다음, 곧바로 그 곁에 앉은 사람을 한눈에 살폈다. 순간 그는 저도 모르게 헛웃음이 나오려는 걸 얼른 추슬러야 했다.

아담한 체구의 노인이다. 앉아 있었지만, 자그마한 키에 호리호리한 체구임을 능히 짐작할 수 있을 만큼. 머리는 적당히 벗겨졌고, 정수리 부근에서야 시작되는 짧은 머리는 완전한 백발이다.

얼굴까지를 보고 난 후에 느낀 첫인상은 '순박하다!'였다. 농사를 짓다가 실로 오랜만에 상경한 시골 노인 같은.

"진 노사님이십니다!"

조 관장은 그렇게 노인을 소개했다.

'진 노사? 진은 성일 테고, 노사면… 노사(老師)?'

어디 무협 영화에서나 나올 법한 호칭이다. 그러나… '그러면 또 어떠랴?' 싶다. 이 자리에서 몇 번 불러주고 나면 다시 부를 일도 없을 텐데 말이다.

"만나서 반갑네!"

노인, 진 노사의 목소리는 작은 체구와는 다르게 나직하면서도 묵직했다.

그런 때문일까? 철민은 진 노사가 초면에 대뜸, 그것도 아주 당연한 것처럼 하대를 한 것에 대해서, 껄끄러움을 느낄 타이밍을 놓쳐 버린 것 같았다. 아울러 진 노사에 대한 이미지마저도 설핏 바뀌는 듯했다.

문득 다시 보니 진 노사는 결코 순박한 인상이 아니다. 무뚝뚝하고 불친절하고, 꼬장꼬장한 느낌이라고 할까? 특히 노인네가 눈빛은 왜 또 그렇게 껄끄러운지! 진 노사는 주로 시선을 아래쪽으로 향하고 있다가 한 번씩 흘깃 시선을 들어 마주치곤 하는데, 그럴 때면 괜히 사람을 쏘아보는 느낌이어서 철민은 영 불편해졌다.

처음에 간단히 인사를 나누고 난 다음 진 노사는 도통 말이 없었다. 음식을 많이 먹지도 않았고, 조금씩만 집어 맛을 음미하듯이 천천히 씹어 삼켰다. 술도 딱 한 잔만 받아서 입술만 축이는 듯 간간이 홀짝거리고 있다.

철민이 슬쩍 메뉴판을 봤다. 그들이 먹고 있는 건 12만 원짜리 코스였다. 일인당 12만 원! 그가 도착하기도 전에 조 관장이 미리 시켜 놓은 것이다.

철민이 보고 있자니 조 관장만 살판이 난 것 같다. 그 혼자 잘 먹고, 잘 마시고 있는 중이다.

술이 몇 잔 들어가고 나서부터 조 관장은 진 노사를 아예 제쳐 두다시피 하고 철민을 향해서만 계속 말을 건네고 있다. 이 자리가 누구를 위한 자리인가를 생각해 볼 때, 무색해질 수밖에 없는 노릇이다.

계속해서 나오던 음식들이 더 이상 나오지 않는 것으로 보아, 코스가 끝난 모양이다.

진 노사는 진즉 젓가락을 놓고 멀뚱히 맞은편 벽에 걸린 액자의 그림만 쳐다보고 있었다.

철민 또한 자리를 계속할 의미를 크게는 찾지 못해 슬쩍 진 노사를 향해 물었다.

"노사님! 숙소는 어디로 잡으셨습니까?"

진 노사가 흘깃 철민을 보았다. 그러나 선뜻 대답을 하지 않았다. 그 사이를 조 관장이 얼른 끼어들었다.

"숙소는 아직……."

말끝을 얼버무리는 데서 조 관장의 눈치가 보였지만, 철민은 모른 체하며 받았다.

"그럼 가까운 곳에다 숙소를 잡도록 하죠!"

가까운 곳에 적당한 급의 호텔이나 괜찮은 모텔이라도 있으면 잡아줄 작정으로 한 말이다. 어찌 되었건 기왕 대접을 하는 것이니 숙소까지는 신경을 써 주자는 생각이었다.

조 관장의 입이 슬그머니 벌어질 때였다.

"뭐 하러 쓸데없는 데다 돈을 허비하누? 도장에서 자면 되지!"

진 노사의 그 말은 나직하였는데도 사뭇 단호하게 들렸다.

"예……! 그럼 뭐… 그렇게 하시죠!"

조 관장이 곧바로 수긍을 했고, 그 바람에 철민만 괜히 말을 꺼낸 것 같아서 그만 머쓱해지고 말았다.

철민이 계산을 하고 가게를 나와 보니, 두 사람이 가게 바로 앞에서 기다리고 있었다.

'택시라도 잡아줘야 하나?'

철민이 내심 요량을 해볼 때 조 관장이 물었다.

"대표님은 어떻게 하시려고……?"

"저는 차를 가지고 왔습니다만……!"

"우리 상가 쪽과는 방향이 좀 다르겠지요?"

그 말인즉슨, '상가까지 좀 데려다줬으면 한다!'는 말일 터이다.

'역시 조 관장!'

엄지를 추켜세우고 싶은 걸 철민은 겨우 참아냈다.

'술이라도 몇 잔 더 들이켜서 대리운전을 불렀어야 하는 건데……!'

그런 생각을 해보았지만, 말 그대로 만시지탄일 뿐이다.

"이야! 차 엄청 좋네! 이거 연예인들이 타는 차 아닌가……?"

뒷자리로 타면서 조 관장이 짐짓 감탄인지 치레인지 애매한 소리를 했다.

그러나 철민은 그 말을 받아줄 여유가 조금도 없었다. 벌써부터 초초긴장 모드에 들어가 있었던 것이다. 낙원상가까지는 그에게 새로운 코스다. 그것도 올 때보다 훨씬 난이도가 높은, 그야말로 난(難) 코스다.

"여기까지 왔으니 차나 한잔하고 가시지!"

상가에 도착해서 조 관장이 하는 말이었다.

그저 인사치레로 들리긴 했다. 그러나 철민으로서도 초초긴장 모드로 난 코스를 운전해 온 후유증이 극심하여, 잠시라도 쉬었다가 가야겠단 생각이 들긴 했다

"그럼! 두 분 먼저 올라가시죠! 저는 간단하게 먹을 거도 좀 사가지고 올라가겠습니다!"

철민의 말에 조 관장이 반색을 했다.

"아, 좋지요! 기왕이면 맥주도 몇 병 있으면 따봉이겠는데……."

"하하하! 알겠습니다!"

조 관장과 진 노사가 먼저 엘리베이터를 타고 올라갔고,

철민은 1층의 24시 편의점으로 갔다.

철민이 캔 맥주 몇 개하고, 마른 안주거리 이것저것, 또 과자 몇 봉지를 주섬주섬 담다가 문득 라면이 보이기에 손에 집히는 대로 열 봉지 정도를 주워 담았다. 조 관장에게 요긴할지도 모르겠다는 생각이 들어서였다.

조 관장의 사정에 대해 자세히 들은 건 없었지만, 그가 따로 집을 마련하지 않고 도장에서 숙식까지 해결하고 있다는 건 철민도 알고 있었다.

조 관장은 한 아름 안고 들어오는 철민을 쌍수를 들어 환영했다.

철민이 관장실의 테이블 위에 신문지를 깔고 안주거리며 과자들을 늘어놓는 동안 조 관장은 라면을 끓인다고 분주했다.

잠시 후 뜨거운 김과 매콤한 냄새를 폴폴 풍기는 라면 냄비가 신문지에 올라오고, 캔 맥주를 하나씩 따고 나자 분위기가 제법 그럴듯해졌다.

그러나 진 노사는 여전히 말이 없다.

역시나 조 관장만 대활약을 펼치는 중이다. 후루룩! 쩝쩝! 소리도 요란하게 라면을 흡입하고, 맥주를 들이붓고, 안주거리와 과자를 집는 손이 바쁜 와중에도 그는 혼자서 쉼

없이 이런저런 얘기를 쏟아냈다.

그런 조 관장을 좀 말리기 위해서라도 철민은 조심스럽게 진 노사에게 말을 건넸다.

"저기, 노사님!"

진 노사가 시선으로만 받는다.

"굉장한 분이시라고 말씀을……."

철민은 일단 말꼬리를 흐려야만 했다. 진 노사의 눈빛이 문득 날카로워지더니 흘깃 조 관장을 쏘아보았기 때문이다.

조 관장은 철민이 느낄 수 있을 만큼 움찔거리는 모습이었다.

"쯧!"

가볍게 혀를 차더니, 진 노사는 다시금 가만히 이마를 찡그렸다.

조 관장이 철민을 향해 원망의 눈총을 준다.

철민이 짐짓 어깨를 움츠리는 체를 해주었다. 그러나 진 노사에 대한 모든 얘기가 결국은 조 관장의 허풍이었을 뿐이라는 뻔한 결론을 내리면서 쓴웃음을 삼켰다. 그 역시 처음에는 진 노사에 대해 '혹시 뭐가 좀 있긴 한가?' 하는 일말의 호기심을 가져보지 않았던가?

그때였다.

"양초 있나?"

진 노사가 나직이 물었다.

"옛!"

조 관장이 벌떡 일어서더니 바쁘게 여기저기를 뒤졌다.

철민은 그런 조 관장에게서 약간의 흥분마저 묻어나는 것 같다고 문득 생각했다.

"쯧!"

진 노사가 다시 가볍게 혀를 찼다.

그런 진 노사의 모습에 철민은 약간의 체념 같은 느낌을 짐작해 보았다.

양초를 하나 찾아온 조 관장이 라이터로 불을 붙였다. 그리고 종이컵 하나를 뒤집어 놓고 촛농을 떨어뜨려 그 위에다 양초를 세웠다.

'뭘 하려고……?'

철민은 약간의 호기심으로 지켜보는 중이었다.

한순간 촛불이 꺼져 버렸다. 바람도 없었고, 누가 입으로 분 것도 아니었다.

그러나 막상 신기하다기보다는 허전했다.

'고작 촛불 끄기?'

그런 느낌이랄까? 뭔가 그럴듯한 것이라도 보여줄 듯했는데 말이다.

철민의 표정에서 그런 기색을 읽기라도 했던 걸까? 진 노사가 천천히 몸을 일으키며 말했다.

"일어서게!"

진 노사의 목소리에 담긴 예의 그 '묵직함'에, 표정에는 조금의 웃음기도 없었기에 철민은 어정쩡한 채로 일어섰다.

"이리 가까이 와서 서게!"

철민으로서는 하라는 대로 할 수밖에!

그러자 진 노사는 두 발을 어깨너비로 벌리며 다시 말했다.

"자! 치게!"

"예?"

"주먹으로 날 치라니까?"

진 노사가 가슴을 내밀어 보였다.

이윽고 철민은 당황하지 않을 수 없어서 난감한 얼굴로 조 관장을 쳐다보았다.

그러나 그때 조 관장은 태평하다 못해 빙그레 웃는 표정이었다.

"뭐 하나? 어서 쳐 보라는데도?"

진 노사는 숫제 다그치는 투였다.

그에 불쑥 반발심이 생기는 동시에 문득 흥미가 동하기도 했다.

"정말로 쳐도 되겠습니까?"

"어허! 그렇다니까! 어디 자네 힘껏 쳐 보게!"

진 노사의 말에는 약간의 짜증까지 묻어났다.

그에 철민은 더 머뭇거리면 실례일 것 같았다. 철민은 진
노사의 가슴 한가운데를 겨냥하고 곧장 주먹을 내질렀다.
물론 체구도 왜소한 노인을 정말로 있는 힘껏 가격할 수는
없는 노릇이어서, 친다기보다는 가볍게 민다는 기분으로 주
먹을 내지른 것이었다.

그런데 철민의 주먹이 막 가슴에 닿으려는 순간, 진 노사
는 슬쩍 몸을 비틀었다. 아주 간단히 철민의 주먹을 피해낸
것이었다.

철민은 느긋하게 뒷짐을 지고 선 진 노사로 인해 뭔가 속
은 듯한 기분이 들었고, 슬그머니 오기가 생기기도 했다.

"한 번 더 해봐도 되겠습니까?"

그 말에 진 노사가 희미한 미소를 떠올렸다.

"그리하면? 오늘 대접받은 턱으로 쳐줄 텐가?"

철민은 짐짓 흔쾌히 고개를 끄덕였다.

"그뿐이겠습니까? 다음에 언제 건, 한 번 더 대접해 드리
도록 하겠습니다!"

진 노사가 미소를 지우지 않은 채 다시 자세를 잡고 섰
다.

이번에 철민은 오히려 더욱 천천히 주먹을 뻗었다.

그에 진 노사는 언뜻 이채를 떠올렸다. 그러나 그 이채는 곧바로 희미한 실소로 바뀌는 듯했다.

그러나 철민은 지금 사뭇 진지했다. 또한 나름대로 최대한 집중을 하고 있는 중이다. 물론 이 순간 갑작스럽게 슬비가 가능하리라는 확신은 없었다. 지금까지 분노 혹은 절박한 긴장이 없는 상태에서, 다만 그 스스로의 의지에 의한 집중만으로 슬비가 실행되거나 혹은 시도된 적은 없었으니까.

이윽고 철민은 어느 정도 익숙한 느낌에 빠져들 수 있었다. 그리고 주먹에 속도를 가했다.

진 노사의 표정에 멈칫하는 놀람이 스쳤다. 그러나 놀람과는 별개로 그의 오른발이 자연스럽게 뒤로 반 보 빠졌고, 동시에 그의 몸이 빠르게 회전했다.

하지만 진 노사의 그런 움직임은 적어도 좀 전에 비해서는 느리게 보였다. 그러나 많이 느리진 않아서 철민은 주먹에 더욱 속도를 가해 진 노사의 움직임을 따라잡았다. 동시에 이미 멀어지고 있는 진 노사의 오른쪽 가슴 부위에서, 상대적으로 가까운 왼쪽 가슴 부위로 목표를 수정했다.

"엇?"

나직한 놀람의 소리는 진 노사에게서 나왔다. 철민의 주먹이 그의 왼쪽 가슴을 가볍게 치는 순간이었다.

그리고 그 순간 철민은 아찔한 현기증을 느꼈고, 전신의 맥이 쭉 빠지고 말았다. 예외 없이 뒤따른 슬비의 부작용이었다. 그런데 그때였다, 진 노사의 왼손이 그의 주먹을 세차게 쳐내는 동시에 진 노사의 오른쪽 주먹이 최단거리에서 용수철처럼 튕겨져 나오며 그대로 그의 턱에 작렬했다.

팍!

철민은 그대로 나가떨어지고 말았다. 정신이 아득했다. 다만 충격은 반짝하고 지나가서, 이내 정신을 차릴 수 있었다. 아마 와중에도 진 노사가 적절히 힘 조절을 했던 모양이다.

"미안하네!"

진 노사는 사과의 말부터 꺼냈다.

철민은 아직까지 턱이 얼얼했고, 또 쑥스럽기도 해서 가볍게 고개를 숙이는 것으로 사과를 받았다.

"어떻게 된 겁니까?"

조 관장이 놀란 표정을 미처 지워내지 못한 채 물었다.

진 노사가 짧게 한숨을 내쉰 다음, 가만히 고개를 내저으며 말했다.

"이 청년의 몸놀림이 의외로 빨라서 나도 모르게 그만……! 어쨌든 내가 이 내기에서 졌네!"

진 노사는 아직도 약간 당황스러워하는 느낌이었다.

"대표님! 괜찮아요? 어디 아프거나 이상하다 싶은 데 없어요?"

조 관장이 철민의 눈을 들여다보며 걱정스럽게 물었다.

철민은 그런 조 관장의 걱정이 다소 호들갑스럽게 여겨져서 짐짓 크게 고개를 끄덕여 주었다.

"전 괜찮습니다."

조 관장은 그제야 안도한 듯 길게 숨을 내쉬며 받았다.

"휴우~! 다행이네! 난 또 무슨 일이라도 생기는 줄 알고 깜짝 놀랐네!"

그런데 조 관장의 말을 들어서인지, 철민은 갑자기 몸의 한구석이 찌뿌드드해지는 것 같은 느낌을 받았다.

"무슨 일이 생기다니요……?"

괜스레 찜찜해지기에 철민이 슬쩍 물었다.

"아니! 내가 보기로는 방금 노사님의 권에 언뜻 기(氣)가 실린 것 같더라고?"

조 관장은 그리 말해 놓고는 슬쩍 진 노사의 눈치를 봤다.

조 관장의 그 모습 때문에라도 철민은 설핏 궁금해졌다. 생각해 보니 좀 전 진 노사의 움직임은 단순하지 않았다. 더욱이 노인의 움직임치고는 놀랍다고 하지 않을 수 없을 만큼 빨랐고, 더하여 무언지 알 수 없는 기묘함이 깃들어 있는 것만 같았다. 역시 뭔가 있는 건가?

"기라고요?"

"그러니까, 그게……!"

조 관장이 철민의 반문에 한바탕 '썰'을 풀려다가 갑자기 움찔하며 입을 닫고 말았다. 진 노사가 이마를 찌푸리며 흘 깃 쏘아보았기 때문이다.

철민은 더욱 궁금해졌다. 그리고 기왕 턱까지 한 대 얻어 맞았으니 진 노사의 눈총이야 한 번쯤 무시해도 괜찮을 듯 했다.

"기요? 그런 게 정말 있습니까? 무협지 같은 데서나 나오 는 거 아닙니까?"

조금쯤 집요해진 철민의 물음에 조 관장은 자신이 감히 대답할 사항이 아니란 듯이 진 노사의 눈치만 보았다.

철민은 진 노사에게로 시선을 맞추었다.

진 노사 또한 철민과 시선을 맞추었다.

진 노사의 눈빛은 지금까지와는 사뭇 달라 보였다. 조금 의 흔들림도 없이 깊숙하게 가라앉은 눈빛이 사람의 마음속 깊은 데를 들여다보는 것 같았다. 그럼으로써 진 노사는 정 말로 '뭔가 있는 사람'처럼 보였다.

"있다고 하면 있고, 없다고 하면 없네!"

진 노사가 불쑥 뱉었다. 좀 전 철민이 기에 대해 물은 것에 대한 대답일 터였다. 그리고 진 노사는 곧바로 시선을 돌려 버렸다.

진 노사의 그런 모습은 사뭇 차갑고도 단호한 느낌이어서, 철민은 더 이상 말을 붙일 엄두를 내지 못하였다.

그런데 그때, 진 노사가 다시금 철민과 시선을 맞추었다. 그리고 가만히 미간을 찌푸렸다.

"자네 혹시… 최근에 원기를 크게 상한 일 있나?"

"예?"

철민이 설핏 당황스러워지고 마는데, 진 노사가 나지막이 말을 이었다.

"이를테면… 못 견딜 만큼 힘들었다거나, 혹은 죽을 만큼 괴로웠다거나… 그런 일 말일세!"

철민은 쉽게 대답할 말을 찾지 못했다.

"자네의 눈빛과 얼굴빛이 그러하네. 기의 흐름이 탁하고 거칠어 보이는데, 이것은 곧 원기가 크게 손상된 징후이네!"

'말이나 한번 해볼까?'

철민은 문득 솔깃해졌다.

못 견딜 만큼 힘들었거나, 죽을 만큼 괴로웠던 일! 진 노사의 그 말에 당장 시거와 슬비가 대두되었다. 그것들의 부작용 말이다. 특히 시거의 경우 피를 토하는 지경까지 가지 않았던가?

사실 철민은 진찰도 받고 상담이라도 받아 볼까 해서 병원을 가려고 했던 적도 있다. 그러나 그가 가진 문제는 지극히 비현실적인 것이다. 그런데 가장 현실적이라고 할 수 있는 현대 의학을 상대로 그의 문제를 어떻게 설명할 수 있을 것인가? 검사를 하고 진찰을 한다고 해서 막상 그럴 법한 증상이 발견될 것도 아닐 터인데. 그렇다면 또한 마땅한 치료 방법이 있을 리 없지 않은가? 혼자 결론에 도달한 그는 결국 병원을 가지 않았다.

그런데 지금 진 노사로부터 '원기 손상'이라는 전혀 새로운 관점에서의 얘기를 듣고 보니,

'이미 어떤 심각한 이상이 진행되고 있는 것은 아닐까?'

하는 걱정에 더하여,

'혹시 정확한 진단을 받을 수 있을까? 그리고 정말로 심각한 상태라면, 치료할 방법을 얻을 수도 있지 않을까?'

하는 데까지 생각이 달려가는 것이었다.

"별일이 없다면 됐네! 이 늙은이가 가끔 괜한 소리도 곧잘 하니 말일세!"

진 노사가 조금은 퉁명스럽게 뱉었다.

이윽고 철민은 마음이 급해졌다.

"만약 원기가 손상된 경우라면, 치료할 방법은 있습니까?"

진 노사가 흘깃 철민을 보고는 무덤덤하게 답했다.

"글쎄… 손상된 원기를 회복하는 방법이야 뭐 특별할 게 있겠나? 그저 푹 쉬고, 잘 먹고, 마음 편히 하고… 그러면 되는 것이지!"

철민이 설핏 실망하고 마는데, 진 노사가 가볍게 덧붙였다.

"하긴… 그게 말처럼 쉬운 건 아니지!"

"그럼……."

철민이 다시 말을 꺼내려 할 때였다.

"끌끌!"

진 노사가 끌탕을 치고는 몸을 돌렸다. 자신이 할 말은 다 했다는 것이리라.

그대로 관장실을 나간 진 노사는 뒷짐을 진 채 성큼성큼 걸어 도장의 구석진 자리로 가버렸다.

철민은 진 노사에게 이부자리를 챙겨 주기 위해 간 조 관장이 돌아오기를 기다렸다가 그만 가보겠다는 인사를 했다.

그때 진 노사는 이미 자리를 잡고 누운 모양새라 인사를 생략하기로 했다.

조 관장이 엘리베이터 앞까지 배웅해 주겠다고 해서 두 사람은 함께 도장을 나섰다.

"아까… 노사님이 권을 쓴 수법 말이에요. 그거, 발경이라고 하는 겁니다."

엘리베이터를 기다리던 중 조 관장이 묻지도 않은 소리를 불쑥 꺼냈다.

"발경이요? 그건 또 뭡니까?"

"발경이 뭐냐면……! 허 참! 그게 또 말로 설명하기는 참 쉽지 않은 문젠데… 뭐라고 할까? 음! 그러니까, 몸 안의 기를 순간적으로 발산해 내는 수법인데……."

철민으로서는 조 관장의 얘기를 알아들을 수 없었다. 도무지 실감하지 못할 얘기라서 더욱 그랬다. 그러나 열심히 설명하는 사람의 성의를 생각해서라도 철민은 대충 받아넘겼다.

"대단한 것인 모양이네요?"

"그럼요, 대단하고말고요! 요즘 세상에도 자칭 도인이니 고수이니 하는 사람들이 꽤 있긴 하지만, 발경을 구사할 수 있는 경지에 도달한 사람은 거의 없어요. 아까 촛불 끄기만 해도 그래요. 그게 보기에는 간단해도 결코 간단한 게 아니거든요. 손바람이나 다른 눈속임을 쓰지 않고 순수하게 기로써 그렇게 한다는 것은, 근본적으로 차원이 다르다는 거지요!"

조 관장의 말이 다시 길어질 듯할 때 마침 엘리베이터가 와서 섰다. 다행이다. 철민은 얼른 엘리베이터 안으로 들어서서 조 관장에게 그만 들어가시라고 손을 흔들어 주었다.

제6장
사회문제연구소

새 식구

오후 1시 반, 오늘따라 1분의 여지도 없이 정확하게, 조 관장이 관리 사무소의 문을 밀고 들어선다.

"진 노사님은요?"

철민이 인사치레 삼아서 물었다.

"가셨나 봅니다!"

조 관장의 대답이 좀 애매하다. 철민이 잠시간 침묵하며 바라보자, 조 관장이 싱긋 웃으며 덧붙였다.

"아침에 일어나 보니 이미 안 계시더라고요. 새벽같이 일어나서 휭 하니 가신 모양입니다. 원래 그런 분이지요! 바람처럼 왔다가 바람처럼 가버리는!"

따르릉!

사무실 전화가 울렸다.

육 소장이 받더니 부동산 중개소에서 상가로의 입주를 원하는 손님을 모셔 오겠다는 연락이란다.

더욱이 사무실을 구하는 손님이라며 그는 크게 반색했다.

그리고 당장 책상과 탁자에 놓인 신문이며 잡지들을 치우고 의자들을 제 위치에 밀어 넣는 등, 분주히 손님 맞을 준비에 들어갔다.

그것만 보더라도 낙원상가에 대한 육 소장의 애착은 상가 주인인 철민을 무색하게 만드는 데가 있다.

사실 철민은, 6층과 7층의 비어 있는 공간들에 대해서는 거의 신경을 쓰지도 않고 있었는데 오히려 육 소장은 늘 마음의 부담을 가지고 있었던 모양이다.

다만 철민은 별로 내키지 않았다. 아마도 그가 전화를 받았더라면, 다른 상가를 알아보라며 방문을 사양했을지도 모르겠다.

하필이면 철민에게 안 좋은 선입견을 주었던 그 부동산

중개소인 까닭이다.

분주한 육 소장의 모습에, 조 관장이 슬그머니 관리 사무소를 나간다.

대략 10분쯤 지났을 때 부동산 중개소에서 사람들이 왔다.

부동산 중개소의 실장 직함을 가진 40대의 아주머니와 역시 그 정도 나이 대로 보이는 남자 손님이었다.

철민에게는 껄끄러운 중개소 소장 대신 초면인 실장이 온 게 그나마 나았다.

다만 그렇더라도 그가 직접 나서서 얘기를 하는 것은 여전히 내키지 않았다. 그리고 그가 나설 필요가 없기도 했다.

손님들에게 자리를 권하고, 직접 커피를 타서 내고, 상가에 대한 소개며, 그리고 주변 상가들 대비 장점들에 대한 어필까지… 육 소장은 적극적이었다.

어떻게든 입주를 시켜 보겠다는 육 소장의 노력이 사뭇 절실하게까지 엿보이는 터라, 철민은 멀거니 앉아 구경하기가 영 송구스러울 지경이었다.

한참이나 사전 포석을 깔고 나서야 본론으로 들어가고 있었다.

"그런데 어떤 일을 하시는지······?"

육 소장이 짐짓 조심스럽게 물었다.

중년의 남자 손님은 그제야 입을 열 기회를 얻었다. 처음에 서로 인사를 건넬 때 이후 두 번째로 입을 여는 것이었다.

"아, 예! 사회문제연구소라고··· 우리 사회에 만연한 여러 가지 문제점들을 분석하고 연구하는 일을 합니다."

"아······!"

달변이던 육 소장이 설핏 막연해하는 기색이다.

철민도 새삼스럽게 중년 남자를 바라보았다.

그는 넉넉한 풍채에 인상도 좋은 편이다.

사회문제연구소 소장 박인철(朴仁哲)이라고 자신을 다시 소개하는 것으로 말을 시작한 그는, 한동안 다른 사람이 끼어들 여지를 주지 않고 일사천리로 자신의 말을 계속해 나갔다. 그야말로 달변이다.

육 소장에 비해 결코 뒤지지 않는!

박 소장은 사회의 공익을 위해 꼭 필요한 일을 한다는 신념이 있다고 했다. 그리하여 자신을 비롯한 연구소의 직원들은 투철한 사명감과 뿌듯한 자부심으로 일하고 있다고도 했다.

가만히 듣고 있자니, 박 소장은 사회 공익을 위한 자신들의 신념과 투철한 사명감과 뿌듯한 자부심 따위에 철민과 육 소장도 동참하라는 뉘앙스를 은근히 강조하고 있는 것처럼 느껴지기도 했다.

육 소장의 표정이 조금 굳어졌다. 그의 표정이 그런 것은 혹 박 소장이 언제부터인지 자신을 도외시하고 철민을 향해서만 얘기를 하고 있기 때문인지도 몰랐다.

역시 달변인 까닭일까? 철민은 박 소장이 말하는 내용에 대해 조금씩 공감이 되기도 했다.

그리고 그런 공감을 바탕으로, 그 또한 이 상가를 통해 이익을 얻겠다는 욕심은 애초부터 없었던 것이니, 박 소장의 사회문제연구소와 같은 취지의 사무실 하나쯤 싸게 입주하게 해주는 것도 나름대로 의미가 있지 않겠는가 하는 생각을 해보게 되었다. 다만 박 소장의 달변이 마음에 걸리는 측면도 있었다.

'과연 그가 말한 좋은 취지들이 다 사실일까?'

그런 의심을 얼마간이라도 가져 보게 되는 것이었다.

"여기는 서울 변두리입니다. 가난한 서민들이 사는 곳이지요. 모두들 당장 먹고사는 데 빠듯한지라, 솔직히 사회 공익이니 뭐니 하는 것에 관심을 둘 형편이 못 됩니다!"

육 소장이 불쑥 나섰다.

박 소장의 입가를 떨떠름한 미소가 스치고 지나갔다. 그의 시선이 흘깃 철민을 훑었다.

철민은 짐짓 모르는 체 말을 아꼈다. 그제야 박 소장이 겸연쩍게 웃으며 말을 꺼냈다.

"이거, 제가 너무 거창하게 설명을 드렸나요? 혹시나 오해를 산 부분이 있을지도 모르겠습니다, 하하하! 그러나 어쨌든 결론적으로 말씀을 드리자면, 적당한 크기이면서 또… 빠듯한 저희 형편에 맞는 조건의 사무실이었으면 합니다."

"그럼 일단 사무실부터 살펴보시죠!"

철민이 말했다. 육 소장이 슬쩍 눈치를 주었지만, 그는 짐짓 못 본 체했다.

육 소장은 6층으로 손님들을 안내했다. 사무실의 용도라면 본래 7층이 맞겠지만, 덜렁 관리 사무소가 있는 것 말고는 층 전체가 텅 비어 있으니, 차마 권하지 못해서일 것이다.

혼자 사무실을 지키고 있기도 그래서 철민도 함께 따라 나섰다.

"괜찮네요!"

하는 소리를 몇 번이나 하더니, 막상 관리 사무소로 돌아온 박 소장은 다른 소리를 했다.

"저기… 7층도 많이 비어 있는 것 같네요?"

육 소장이 설핏 관심을 비치며 받았다.

"예! 마침 비수기라……!"

"그럼 7층에 입주하는 것도 가능하겠군요!"

"그야… 물론이지요!"

"그럼 저희는 7층이 낫겠는데요! 저 안쪽은 전망도 탁 트인 것 같고……!"

박 소장의 말에 육 소장의 얼굴에 슬쩍 반색이 번졌다. 그리고 힐끗 철민을 돌아보는 그의 눈매가 설핏 가늘어졌다. 아마도 철민이 저도 모르게 고개를 갸웃거리는 걸 본 모양이리라.

철민이 걱정부터 앞서는 건 사실이었다. 만약 7층에 사무실을 내주었다가, 관리 사무소가 문을 닫는 오후 6시 이후면 7층 전체가 공동(空洞)처럼 텅 빈다는 사실을 뒤늦게 알고 원망을 퍼붓지는 않을까?

육 소장이 다시금 철민을 향해 가볍게 고개를 끄덕여 보였다.

철민의 의아함과 섣부른 걱정까지 능히 짐작하고서, 괜히 엉뚱한 소리로 다 된 밥에 코라도 빠뜨릴까 봐 미리 주의를 주는 것이리라.

"혹시 부동산에 내놓으신 게 6층 아닙니까? 그렇다면… 아무래도 7층이면 좀 싸겠죠?"

육 소장의 얼굴에 설핏 실망이 스쳤다. 그러나 그는 덤덤하게 받았다.

"그렇지 않습니다. 평수와 위치에 따라 차이가 나지, 6층과 7층의 차이는 없습니다."

철민은 이쯤에서 자신이 나서야겠다고 판단했다.

"얼마를 생각하고 계십니까?"

철민의 말에 박 소장의 눈빛이 반짝하고 빛을 발했다.

"그렇게 물으시니 저도 단적으로 말씀드리겠습니다. 부동산에 내놓으신 임대료의… 절반으로 해주시면 감사하겠습니다."

육 소장의 목소리가 높아졌다.

"에이, 여보시오! 안 그래도 주변 시세보다 한참이나 싸게 내놓은 건데, 그것의 절반이라니? 이건 아예 공짜로 달라는 얘기나 별반 다를 게 없어요!"

박 소장은 애써 웃었다.

"시세보다 많이 싸다는 건 저도 압니다. 하지만 저희 형편이 워낙 빠듯해서 그렇습니다. 그리고… 요즘 같은 사회에, 저희와 같은 일을 하는 곳도 하나쯤 있어야 한다고 생각해주십시오! 부탁드립니다."

"어허! 지금 우리보고 기부라도 하라는 겁니까? 아까도 얘기했지만, 여긴 가난한 서민들이 사는 곳이고, 우리 상가도 그렇게 여유 있는 편이 아니에요. 아니, 기부를 받으려면 뭐라도 좀 있는 독지가를 찾아가야지, 이런 데 와서 이러면……."

점점 격해지는 육 소장의 말을 철민이 얼른 잘랐다.

"소장님! 그만하시죠!"

그 한마디가 명령이라도 되는 듯 육 소장의 말이 '뚝!' 멈추었다.

철민이 다시 박 소장을 향해 말했다.

"좋습니다! 계약하시죠!"

그러자 박 소장은 곧장 자리에서 일어서며 철민에게 악수를 청했다.

"감사합니다, 대표님! 앞으로 잘 부탁드리겠습니다!"

재빠르게 못을 박자는 것이겠지만, 철민은 담담히 웃으며 악수를 받아 주었다. 물론 그는 '독지가'가 되려는 생각은 아니었다. 어디까지나 경영자적인 측면에서 나름대로의 판단이었다.

7층은 텅텅 비어 있었다. 내놓은 가격의 절반이 아니라 공짜라도 좋으니, 일단은 한 곳이라도 먼저 입주시켜야 한다.

그리고 나서야 두 번째, 세 번째 수요자를 또 기대해 볼 수 있는 것이리라.

육 소장은 짐짓 격해지는 체했지만, 철민과 비슷한 계산을 하고 있던 모양이다. 철민과 박 소장 간에 일단 구두로 계약이 성사된 듯하자, 그는 곧장 자신의 고유 직무를 챙겼다.

"계약서에 명기되겠지만, 관리소장으로서 미리 당부를 드리겠습니다. 임대료와 관리비 납부일은 매월 25일입니다. 서로 신경 쓰이지 않도록 정확한 날짜에 납부해 주셔야 합니다!"

그런 육 소장에 대해 박 소장이 환하게 웃는 얼굴로 짐짓 깍듯하게 인사를 했다.

"옛! 잘 알겠습니다, 소장님!"

사회문제연구소

사회문제연구소는 임대 계약을 한 다음 날 아침에 바로 이사를 왔다.

마침 출근하던 길에 철민이 조금 멀찍한 곳에 서서 잠시 이사하는 걸 구경했다.

짐은 꽤나 단출해 보였다. 회의용 테이블 두 개에다, 책상과 의자가 서너 개쯤, 컴퓨터 몇 대, 그리고 자질구레한 서류 파일들, 그 외 간단한 사무실 집기들 따위가 전부였다. 그러니 이삿짐센터를 부를 것도 없이 기껏 작은 용달 트럭

한 대가 동원된 것 같다.

박 소장과 두 명의 청년이 열심히 짐을 옮기고 있다. 두 청년은 연구소의 직원인 모양이었다.

우선 검은색 패딩을 걸치고 머리를 길게 기른 청년은, 한마디로 잘생겼다.

그냥 잘생긴 정도가 아니라 지나가던 사람들이—특히 여자들—돌아볼 정도로 잘생겼다.

게다가 훌쩍 큰 키에 호리호리한 몸매라니! 모델이라고 해도 쉽게 믿어질 것 같다. 아름다울 미(美), 미남(美男)! 그 단어에 딱 어울린다.

다른 청년에 대해서도 한마디로 말하자면, 건장하다. 제법 쌀쌀한 날씨임에도 그는 달랑 라운드 티 한 장만 걸쳤다.

책상이며 냉장고며 크고 무거운 짐은 대개 그의 차지였는데, 힘을 쓸 때마다 상체의 근육들이 선명하게 꿈틀거린다. 얼굴도 잘생긴 편이다.

그저 그런 얼굴을 두루뭉술하게 포장하는 게 아니다. 곁에 있는 지나치게(?) 잘생긴 미남과 비교되어서 그렇지, 따로 떨어뜨려 놓고 보면 호남형의 남자다운 매력이 넘치는 얼굴이었다.

만약 예전이었다면! 철민은 아마도 그 두 청년에게 열등감을 느끼지 않을 수 없었을 것이다. 일단 두 청년은 외견상 그보다 확실하게 우월한 유전자를 지녔으니 말이다.

지금은? 그는 이곳 낙원상가의 주인이다. 그리고 그들은 이곳 낙원상가에 세입자로 입주한 사무실의 직원이다. 굳이 열등감을 느낄 것까지야 있을까?

핸섬가이! 그리고 탄탄가이!

철민은 두 청년에게 임시로 그런 이름을 붙여 보았다. 터프가이란 말이 있듯이, 미남 청년은 핸섬가이, 탄탄한 몸매의 청년은 탄탄가이다.

곧 적당한 호칭이 생길 테지만, 그때까지 임시로, 그리고 어디까지나 그 혼자서 일방적으로 부르기에는 제법 그럴듯하지 않은가? 사실은, 열등감까지는 아니더라도 솔직한 부러움이 없었다면 그들에게 굳이 그런 유치한 이름 따위를 붙이지는 않았을 것이다.

"대표님! 여기 계셨습니까?"

철민은 자신을 부르는 소리에 돌아보았다. 육 소장이다.

"어허! 이거 벌써 파장이네! 좀 거들어주려고 내려왔더니만……!"

육 소장은 곧장 트럭을 향해 갔다. 그리고 박 소장과 간단히 아는 척을 하고는 스스럼없이 짐 옮기는 일을 거들기 시작했다. 사실 그때쯤에는 큰 짐들은 이미 다 옮겨졌고, 책이며 서류 박스 같은 작은 짐들만 남아 있었다. 그렇더라도 바지런하게 트럭과 엘리베이터 사이를 몇 번 오가는 것만으로도, 육 소장에게서는 제법 일손을 거든다는 느낌이 났다.

철민만 괜히 머쓱해지고 말았다. 그는 이미 한참이나 구경을 하고 있었으면서도, 좀 거들어야겠다는 생각 자체를 하지 않고 있었으니 말이다. 그와는 아무 상관없는 남의 일, 그저 상가에 새롭게 입주하는 세입자의 일이라고만 여기고 있었던 것이다.

기왕 육 소장에게 들켜 버린(?) 마당에 모른 체 관리 사무소로 올라가 버리기에는 더욱 찜찜해서, 철민이 하는 수없이 슬그머니 트럭 쪽으로 다가갈 때였다.

"이이고, 대표님! 저희들만 해도 충분한데 뭐 하러 대표님까지 나오십니까?"

박 소장이 재빨리 알아보고는 숫제 소리를 지르듯이 반긴다.

철민은 쑥스러우면서도 기분이 나쁘지 않았다. 박 소장이 크게 생색을 내준 덕분이겠지만, 핸섬가이와 탄탄가이가 그를 향해 고개를 숙여 보인 것이다.

철민이 가벼운 짐을 들고 두어 번 엘리베이터까지 왕복하는 동안 트럭은 빈 차가 되었다.

박 소장은 철민과 육 소장에게 다시 한 번 넘치는 공치사를 했다.

별로 한 일도 없는 처지에 낯이 간지럽기는 했지만, 그래도 철민은 뭔가 뿌듯한 기분이었다. 그가 상가의 주인이 된 뒤, 첫 번째로 새 식구가 생긴 것이다.

＊　　　　＊　　　　＊

조 관장은 처음에 박 소장을 조금 밉게(?) 보는 측면이 있었다. 아마도 안 좋은 선입감이라도 가진 것 같았는데, 그가 슬쩍슬쩍 흘리는 말에서 유추해 보면, 그러한 것은 바로 박 소장의 '소장'이라는 직위 내지는 호칭 때문인 듯했다.

지금까지는 낙원상가에서 소장하면 곧 육 소장이었다. 그리고 조 관장에게 육 소장은, 어쨌든 물심양면으로 한 수 위의 존재였다. 그런데 입주 신참인 데다 나이도 그리 많지 않아 보이는 박 소장이 또 한 사람의 '소장'으로 등장했으니, 조 관장으로서는 괜히 껄끄럽고 기분도 좀 나쁜, 그런 느낌인 모양이었다.

그러나 처음 한동안만 서로 좀 어색했을 뿐, 박 소장과 조 관장은 이내 친한 사이가 되었다. 조 관장이 뼁이 좀 세긴 해도 넉살이 좋고 화통한 데가 있었는데, 박 소장 또한 서글서글한 데다 조 관장 못지않은 입담의 소유자라서 두 사람이 통한 것 같았다. 더욱이 알고 보니 박 소장의 나이도 적지 않았다 두 사람은 동갑이었다.

그렇게 얼마 지나지 않아 박 소장은 관리 사무소의 커피타임에 멤버로 슬며시 등록을 했다. 오후 1시 반쯤이면 별볼 일이 없이도 꼬박꼬박 관리 사무소를 찾아오게 된 것이다.

철민도 자연스럽게 어울리면서, 조 관장과 박 소장, 그리고 육 소장과 함께 술자리도 종종 가지게 되었는데, 그럴 때면 자못 상가의 운영위원회라도 열리는 것 같았다.

상가의 운영과 관련된 현안들이 논의되었고, 상가의 발전을 위한 제안들이 제법 나오기도 했다.

그러나 '논의'와 '제안'은 멤버들이 취하기 전까지만 나왔다. 술잔이 몇 순배 돌고, 다들 얼큰해지면서부터는 흥미와 재미 위주로 화제가 돌아갔다. 상가 주변의 자질구레하고, 시시껄렁하고, 때로는 은밀하기까지 한 온갖 잡사(雜事)가 안주 대용이었다.

육 소장은 철민이 그런 자리에 자주 어울려서 처음에는 상당히 경계를 하는 입장이었다. 상가의 주인으로서 입주자들과는 너무 가깝지도 않고, 또 너무 멀지도 않게 적당히 거리를 유지해야 한다는 것이 육 소장의 지론이었다. 물론 철민을 위하는 입장일 것이다.

그러나 두어 번의 가벼운 충언(?)에도 불구하고, 철민이 계속 모임에 끼고, 더욱이 스스럼없이 즐기는 모습을 보여주자, 이제 육 소장은 그런 철민을 인정하고 받아들이기로 한 것 같았다.

다만 그 와중에도 육 소장은 나름의 기강을 고수하는 데는 조금의 예외나 타협이 없었다. 즉, 아무리 취중이라도 철민에 대한 호칭과 예우가 조금 흐트러진다 싶으면 여지없이 정색을 하며 바로잡곤 했다.

같은 7층에 있다 보니 사회문제연구소의 직원인 핸섬가이와 탄탄가이와는 철민과 하루에 한두 번씩은 마주치곤 했다.

그 때문에 철민은 사뭇 불편함을 느끼고 있었다. 알고 보니 그들은 30대 초반으로 그보다 윗줄이었고, 무엇보다 그들이 지나치게 깍듯했기 때문이다.

"안녕하세요, 대표님!"

철민과 만날 때마다 그들은 그렇게 외쳐 댔다. 심지어는 화장실에서 마주쳤을 때도.

박 소장이나 조 관장에게 듣는 '대표님!' 소리는 그래도 괜찮았다. 그들에게야 세대를 달리하는 노회한 면모라도 있으니 말이다.

그러나 같은 세대에게 듣는 그 소리는 영 쑥스럽고, 꺼려지는 데가 있었다. 두 가이의 깍듯함은 박 소장으로부터 강요되었을 것이며, 그저 상가 주인에 대한 형식적인 치레에 불과하다는 생각을 하면서도 말이다.

염치없지만… 돈 좀 빌려주실 수 있겠습니까?

5시 반, 특별한 일도 없이 노닥거리다 보니 어느새 벌써 시간이 그렇게나 되어버렸다.

혹시 오늘따라 이른 시간에 다른 약속을 잡아놓고도 자신 때문에 덩달아 퇴근을 못 하고 있는 것일 수도 있는 육 소장에게 괜히 미안한 마음이 들기도 해서, 철민은 서둘러 관리 사무소를 나섰다.

바깥은 이미 어둠이 깔리고 있었다. 그렇더라도 철민은 상가 주변을 한 바퀴 돌아보기로 했다. 요즘 들어 퇴근하면서 습관처럼 행하는 일이었다.

여느 때처럼 별일은 없었다. 상가 왼쪽의 작은 공원처럼 꾸며진 공터의 가로등 불빛 아래 남녀 한 쌍이 어른거리고 있었지만, 그것이 별일일 것까지는 없었으니까!

그러나 그것은 결국 별일이 되고 말았다.

"제기랄!"

철민은 푸념인지, 탄식인지 스스로도 모를 소리를 숨죽여 뱉었다. 도저히 가던 길을 그냥 갈 수는 없었다. 그의 시선은 이미 한곳에 붙잡혀 있었다. 그는 결국 상가 건물의 어두운 그림자 속으로 슬쩍 몸을 밀어 넣고야 말았다.

모른 체 눈을 돌려주는 게 예의일 터였다. 그런 줄은 잘 알지만, 철민은 도저히 그럴 수가 없었다. 지금 공터에서 한창 무르익고 있는 남녀 한 쌍의 '진한 키스 신'을 모른 체하고 그냥 가기란 도저히 불가능했다.

'관음증이라도 있냐?'

라고 묻는다면?

거, 무슨 큰일 날 말씀을!

사실 잘못을 따지려면 철민이 아니라, 저 한 쌍의 남녀에게 따져야 한다.

안 그래도 시린 가슴인데! 시린 가슴을 부여잡고 서럽게 살아가는 스물일곱 솔로에게 저런 뜨거운 장면을 보여주고도 불타오르지 말기를 바란다면, 나아가 조용히 가던 길이나 계속 가기를 강요한다면 그것은 지나치게 가혹한 처사이다.

뭐, 그렇다고 굳이 저들의 잘못을 따져야 한다고 주장하는 아니었다. 그들이라고 일부러 철민에게 보여주기 위해 지금처럼 뜨거운 장면을 연출하고 있는 것은 아닐 것이다. 다만 그들로서는 당연히 누릴 자격이 있는, 청춘의 특권을 누리고 있을 뿐이었다.

'그래, 공짜로 즐기니 흐뭇하냐?'

라고 묻는다면?

사실 철민이 온전히 흐뭇하기만 한 것은 아니다.

'부러운 거냐?'

라고 묻는다면?

그래! 부럽다.

"부러우면 지는 거다!'

라고 말한다면?

제기랄! 그럼 내가 졌다!

희미한 가로등 불빛 아래, 여인의 실루엣이 잔잔히 부서지고 있다. 아아! 글래머다! 화보에나 나올 법한 글래머! 멋지다. 환상적이다. 그야말로 한 편의 영화다.

철민은 상상해 보았다. 넓고 듬직한 등판을 보이고 선 남자를 대신해 자신이 저 글래머 여인을 안고 있는 것을! 순간 그 한 편의 멋진 영화는, 한 편의 찬란한 소설로 바뀌고 있었다.

'제기랄!'

철민은 어깨를 움츠리며 두 팔로 스스로의 가슴을 감싸 안았다. 아아! 가슴을 파고드는 이 서글픈 자괴감이라니!

지금 어떤 청춘은 영화 같은 로맨스를 누리고 있건만, 같은 공간의 또 어떤 서글프고 불쌍한 청춘은 기껏 삼류 애정소설이나 상상하고 있다니!

'떠그랄!'

삐~ 익!

휘파람 소리가 울렸다. 손가락을 입에 넣고 불어젖히는 그 소리에는 야유가 담겼다.

그리고 공터로 들어서는 자들이 있었다.

그들 네 명의 불청객은 사뭇 건들거리는 몸짓만으로도 충분히 불량스러워 보인다. 그렇게 나이가 들어 보이지도 않아서 이제 막 고등학교나 졸업한 정도로 보인다. 그러니 쌀쌀한 밤공기를 쐬며 동네 구석구석을 어슬렁거리다가 여기 공터에서 벌어지고 있는 로맨스 영화인지 삼류 애정소설인지의 '찐한' 장면을 목격하고는 철민보다도 더욱 뜨거운 피를 주체하지 못했을 법하다. 그래서 무작정 장면 속으로 끼어들 법도 하다.

한밤 외진 공터에서 호젓하게 데이트하는 남녀 앞에 동네

불량배들이 출현하는 광경은, 지켜보는 사람에게도 위태롭게 느껴져야 마땅할 것이다. 그러나 철민은 지금, 저 한 쌍남녀의 위기에 대해 쉽게 공감이 되지 않는다. 남자 때문이다. 남자의 태연함, 놀라는 기색조차 없어 보이는 담담함은 철민으로 하여금 묘한 당위성까지 만들어가도록 유도하는데가 있다. 이를테면,

'저런 눈부신 글래머를 애인으로 둔 남자라면, 기껏 동네불량배들 몇쯤은 충분히 감당할 수 있어야 한다!'

라는 식이랄까?

공터에서는 벌써 몇 마디의 곱지 못한 말들이 오가고 있는 듯하다. 그러나 묵직한 저음인 남자의 목소리에서는 역시나 긴장이나 조급한 기색이 별로 느껴지지 않는다. 철민은 안도와 동시에 은근히 기대하는 심정이 되었다.

'부디 말로 해결되지 않기를……!'

주먹질은 갑작스럽게 시작되었다.

그러나 철민이 기대했던 멋진 활극은 없었다. 먼저 주먹을 날렸던 불량배 중 하나가 그대로 푹 주저앉았다. 그리고 주인공(?) 남자의 몸이 가볍게 움직이는가 싶더니 잇따라,

"윽!"

"악!"

외마디 소리가 나며, 나머지 세 녀석이 이리저리 나가떨어

지고 있다.

　그걸로 끝이다. 얼굴이며 배, 옆구리 등을 감싸 쥐고 일어선 네 놈은 잠시 주춤거리더니 그대로 냅다 줄행랑을 친다.

　남자는 도망치는 놈들을 그냥 내버려둔다. 끝까지 태연한 모습이다.

　심지어는 글래머의 여인까지도 동요하는 기색이 아니다. 그런 결말을 미리 예견하고 있기라도 한 듯하다.

　'쩝!'

　철민은 속으로 입맛을 다시고 말았다.

　'뭐가 이리 시시해?'

　철민은 돌연 긴장하고 말았다.

　남자가 그를 향해 성큼성큼 걸어오고 있다.

　'아차! 들킨 건가?'

　뭔가 나쁜 짓을 하다가 들킨 것만 같다.

　그러나 다시 생각해 보니 딱히 지은 죄는 없었다. 그들 남녀의 애정행각을 몰래 감상한 사실이 있긴 하지만, 그 정도를 도덕이나 양심의 차원이라면 몰라도 죄라고 하는 건 지나쳤다. 그래도 죄라고 한다면? 그런 적이 없다고 시치미를 떼면 또 어쩔 건가? 증거라도 있나? 달리 죄를 증명할 방법이라도 있는가 말이다.

"안녕하십니까?"

그에게로 다가온 남자가 불쑥 인사를 건넨다. 이게 무슨 일인가?

"누구……?"

"저… 7층 사회문제연구소의……."

"아……!"

철민은 그제야 남자를 알아보았다. 바로 탄탄가이다.

퀸카 여친이 그를 전혀 다른 사람으로 보이게 했던 것인가? 철민은 그가 탄탄가이일 것이라고는 정말 상상도 하지 못했었다.

철민은 민망해지고 말았다. 증거도 없고, 증명할 방법이 없더라도 스스로의 죄를 순순히 인정할 수밖에 없는 심정이 되고 마는 것이었다.

어찌 그렇지 않겠는가? 탄탄가이는 그가 상가의 '새 식구'로 받아들인 바 있는 사람인데, 방금 전 상가 건물 그림자에 숨어서 그는 얼마나 몰염치한 짓을 한 것인가? 더욱이 탄탄가이가 불량배들에 의해 어쨌든 위태로운 지경에 처하는 것을 보고도 도와주려는 마음이들기는커녕, 오히려 '부디 말로 해결되지 않기를!' 바랐으니, 무슨 낯으로 탄탄가이를 대할 수 있단 말인가?

그런데 그때였다.

"저… 죄송합니다만……."

탄탄가이가 고개부터 숙였다.

이건 또 무슨 시츄에이션? 탄탄가이가 왜 미안해? 철민은 순간 멍해져 그냥 쳐다보고 있을 수밖에 없었다.

탄탄가이는 조금 더 망설이는 듯하더니 다시 고개를 숙인다.

"이런 말씀을 드리는 건 정말 실례인 줄 알지만……."

철민은 슬쩍 시선을 피하고 말았다. 괜히 마음이 불안해져서 탄탄가이의 눈을 도저히 마주 볼 수가 없다.

"염치없지만… 돈 좀 빌려주실 수 있겠습니까?"

'돈? 돈을 빌려달라고?'

철민이 혼란스러워할 때 탄탄가이가 조심스럽게 덧붙인다.

"제가 아침에 출근하면서 지갑을 놓고 나온 모양인데, 그걸 이제야 알게 되었습니다. 빌려주시면, 내일 아침에 출근하는 대로 즉시 갚겠습니다!"

그제야 철민이 오히려 조심스럽게 물었다.

"얼마나……?"

"여유가 되신다면… 10만 원만……!"

'여유? 그 정도 여유야 넉넉하게 있지!'

철민은 문득 뿌듯해졌다.

누군가 그의 그런 뿌듯함에 대해,

'유치한 졸부 근성!'

이라고 비난한다면?

'좋다! 비난할 테면 어디 맘껏 비난하라!'

졸부라도 되어서 이렇게 뿌듯할 수 있는 것이다.

그렇지 않다면 조금 전만 해도 영화 같은 로맨스를 누리던 부러운 청춘에게, 같은 공간에서 기껏 삼류 애정소설이나 상상하던 서글프고 불쌍한 청춘이 감히 어떻게 뿌듯한 일을 해보겠는가 말이다.

철민은 시원하게 지갑을 꺼냈다.

주로 카드를 쓰지만, 혹시 몰라 50만 원쯤의 현금을 늘 가지고 다녔다.

마음 같아서는 50만 원을 다 주고 싶었다.

그러나 그런 행동에 상대가 모욕감이라도 느낀다면? 지금 누리고 있는 '뿌듯함'이 자칫 퇴색되지 않겠는가?

철민은 정확하게 10만 원을 건넸다.

"감사합니다, 대표님!"

탄탄가이가 다시금 고개를 숙였다.

탄탄가이와 여인은 이윽고 어둠 속으로 사라졌다.

철민은 한참을 그 자리에 서 있었다.

새삼 탄탄가이가 부러워진다. 그런 글래머 애인이 있다는 사실만으로도.

역시 남자는 뭔가 하나는 확실히 있어야 하는 것이다. 그리고 탄탄가이에게 그 '뭔가'는 바로 '남자다움'일 것이다.

그는 괜스레 초라해지고 말았다.

'10만 원짜리 뿌듯함'은 색이 바랜 지 이미 오래다.

그는 머리를 흔들었다. 그리고 늦춰 두었던 퇴근길에 다시 올랐다.

괜히 걸음이 터덜거린다. 씁쓸하고 쓸쓸하다.

'소주나 한잔할까?'

문득 간절해진다.

소주가 간절한 것은 아니다. 소주로는 결코 이 간절함이 풀리지 않으리라.

지금 간절한 것은 사람이다. 기왕이면 여자! 누구처럼 글래머가 아니라도 좋다. 그저 자신을 쓸쓸하게만 만들지 않을 여자! 친구를 해줄 여자면 좋겠다.

'시파……!'

다시 머리를 세게 흔들어본다. 그러나 처량한 기분만 더해진다.

여태 여친 한번 제대로 사귀어본 적이 없다. 졸부거나 말거나 꽤나 잘난 척을 하고 있는 지금도, 그에게는 여전히 여친이 없다.

'황유나?'

그 이름이 불쑥 떠올랐다.

황유나가 그의 여친인 건 맞다.

그러나 '그냥 여친'이다. 지금 그가 간절히 바라는 애인으로서의 '진짜 여친'이 아닌, 그저 초등학교 동창으로서의 '그냥 여친'!

더욱이⋯ 언감생심에, 감당 불가이기까지 한!

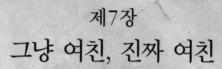

제7장
그냥 여친, 진짜 여친

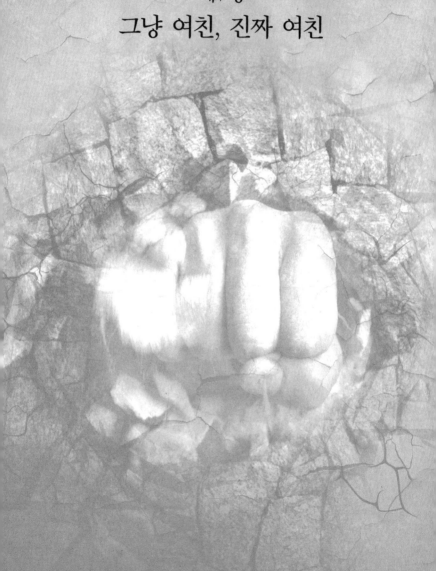

SOS

황유나는 술을 꽤나 자주 마시나 보다.

'어떻게 아느냐고?'

아니, 애가 걸핏하면 전화를 해대니까! 술만 좀 취했다 하면 말이지!

푸념인지 술주정인지, 알아듣지도 못할 사설은 왜 또 그렇게 끝도 없이 긴지! 30분은 보통이고, 시간 단위로 넘어가는 경우도 종종 있다.

'내가 그렇게 만만하냐?'

하긴 만만하고도 남을 만하다. 그 끝도 없이 늘어지는 푸념과 주정을 싫다 소리 한마디 못 하고서 꼬박꼬박 다 받아주고 있으니!

방금 전 황유나는 SOS를 보내왔다.

길바닥이 자꾸만 벌떡벌떡 일어나서 꼼짝도 못 하겠다고 한다. 게다가 차까지 있다네!

'씨파! 닝기리!'

욕이 연발로 나오지만 어떡하겠어? 가봐야지!

철민은 급하게 택시를 잡아탔다.

*   *   *

아가씨 하나가 빌딩 앞 화단 구석에 몸을 반으로 접은 채 아예 처박혀 있다.

접힌 상태여도 여전히 길고 늘씬한 몸매다.

주변은 어두웠지만, 철민은 한눈에 알아보았다. 바로 황유나임을!

아주 떡이 되도록 퍼마신 모양이다.

"쯧쯧! 저러다가 언제고 큰일을 당하고 말지!"

절로 혀가 차진다.

"야!"

바로 머리 위에서 소리를 질러도 황유나는 반응이 없다.

퍽!

철민이 손바닥으로 그녀의 어깨를 쳤다. 당연히 손길이 곱지는 않았다.

그녀가 꿈틀거린다. 그러나 눈도 뜨지 못한 채 혀 꼬부라진 소리를 뱉어낸다.

"뭐냐……? 어떤 개… 자식이……?"

말도 참 곱게 한다. 그래도 가끔씩이나마 TV에 얼굴까지 비치는 방송국 여기자가 도대체 이렇게 망가져도 되나 싶다.

그녀가 힘겹게 눈을 뜬다. 그리고 그제야 겨우 그를 알아보는 모양새다.

"어… 왔냐……?"

"야! 넌 맨날 무슨 술을 이렇게 퍼마셔? 무슨 술 전문 기자라도 되냐?"

철민이 빈정거렸다.

그녀가 배시시 웃는다. 그러더니 곧바로 한탄조가 된다.

"직업이 그런 걸… 어떡하냐? 좀 유명하다는 인간들… 인터뷰 하나라도 따려면… 술자리 아니고는 어려워! 개중에는… 술고래도 있고… 말이야! 또… 너도 봤잖아? 개차반도 있고……!"

"그래도 공인이 이러면 안 되지?"

"공인……? 공인이 뭔데……? 그리고… 내가 왜 공인이
야?"

그 말에는 철민이 살짝 말문이 막히고 만다. 공인의 정의
라든지, '방송사 사회부 기자가 공인이 맞나?' 하는 따위의
문제에 대해서, 그가 언제 한 번이라도 진지하게 논리를 세
워본 적이 있던가? 시험에 나올 문제도 아닌데, 고민해 볼
필요가 조금이라도 있었겠는가 말이다.

그리고 지금 술이 떡이 된 와중에, 그딴 걸 왜 따지고 든
단 말인가? 하여간 계집애가 성질머리까지 괴팍해 가지고
는!

"뭐, 공인인지 아닌지는 나도 잘 모르겠다. 그러나 어쨌든
얼굴이 알려진 건 사실이잖아?"

황유나가 피식 웃는다. 자조의 느낌이 묻어난다.

"얼굴이 알려졌다고……? 내가……? 훗! 가뭄에 콩 나듯
이… 어쩌다 한 번 TV에 비치는 얼굴을… 누가 알아보기나
한대? …너처럼 초등학교 동창이나 돼야… '어? 쟤 TV에 나
왔네?' 할까… 다른 사람들은… 신경도 안 쓰거든?"

황유나의 말에서는 뭔가 맺힌 게 있는 것도 같았다.

그러나 어쨌든 술주정인 이상에는, 계속 들어줄 마음은

생기지 않는다.

"차 가지고 왔다며? 어디다 세워놨어?"

"어……? 내… 차? 어디다 뒀더라……? 아… 맞다! 여기 지하 주차장에……!"

"키 줘!"

황유나가 핸드백을 뒤적거린다. 그런데 술에 취한 손놀림이라 한참 걸린다,

"이리 줘 봐!"

철민이 답답하여 핸드백을 낚아채려 했다.

그랬더니 갑자기 어디서 그런 민첩함이 나오는지 황유나가 핸드백을 뒤로 확 잡아 뺀다. 그러고는 짐짓 도끼눈을 뜬다.

"어딜… 감히……? 쯧! 숙녀의 가방을……?"

철민은 피식 실소를 흘리지 않을 수 없었다.

"숙녀? 야! 이 동네 숙녀는 어디 다른 동네 가서 다 얼어 죽었는가 보다?"

"뭐……?"

그녀가 도끼눈으로 한 번 더 흘긴다. 그러더니 다시 핸드백을 뒤져 결국 키를 찾아내고는,

"여기!"

하고 확 던진다.

철민이 재빨리 팔을 뻗어 낚아채며 물었다.

"차 번호는?"

그녀가 '픽!' 웃으며 대답한다.

"쏴쏴쏴쏴!"

이건 또 뭔 장난질인가?

"야! 너 정말?"

철민이 확 째려본다.

그러나 그녀는, 처음 봤을 때처럼 몸을 접으며 화단으로 처박히고 있었다.

철민이 기겁하여 그녀의 몸을 붙잡아 세우는데, 그녀가 또 '피시시!' 웃으며 말을 뱉는다.

"사사사사… 라니까……?"

'4444?'

철민이 그제야 퍼뜩 깨달았지만 여전히 믿음이 가지는 않는다. 그러나 그녀가,

"나… 힘들어……!"

하고는 머리를 무릎 사이에 묻어 다시 확인할 여유가 없었다.

"차 끌고 올 테니까, 얌전히 기다리고 있어라?"

"알았어……!"

그녀가 머리를 묻은 채 얌전히 대답했다.

"하필이면 4444가 뭐냐? 재수 없게시리?"

'4444' 번호판을 찾아서 그 넓은 지하 주차장을 헤매자니, 철민은 절로 투덜거려진다.

하필이면 차는 지하 주차장 제일 안쪽에 세워져 있었다.

'씨~ 파!'

빵~!

'4444'를 화단 바로 앞쪽에다 대고 경적을 울렸다.

그러나 황유나는 무릎 사이에 머리를 박은 채 반응이 없었다.

철민은 할 수 없이 차에서 내려 부축해 일으켰으나 그녀는 숫제 축 늘어져 버렸다.

'시파!'

그 소리가 절로 나오려는 것을 철민은 애써 참았다.

'그런데 무겁기는 왜 또 이렇게 무거운 거야? 쭉쭉빵빵 늘씬해 보이더니, 통뼈인가?'

철민은 별생각을 다해가며 아주 용을 쓰다시피 하고 나서야 겨우 그녀를 차 뒷자리로 밀어 넣을 수 있었다.

그런데 이건 또 무슨 지랄인지?

내내 물 먹은 솜처럼 늘어져 있더니, 그녀가 갑자기 깨어

났다.

그러고는 굳이 조수석에 앉겠다고 버럭버럭 고집을 부리기 시작한다.

'아, 놔! 술 좀 취하니 꼴통이 따로 없네! 이걸 확……? 에휴~! 그래, 니 차다 이거지? 니 맘대로 하세요!'

입만 살았지 몸은 여전히 물 먹은 솜인 그녀를, 철민이 다시 용을 써서 겨우 조수석에 앉히고 나니 이마에 땀이 송송 맺힌다. 이 쌀쌀한 날씨에 말이다.

"고~! 고~ 투 더… 마이~ 홈!"

그녀가 외친다. 여전히 입만 산 채로!

'닝기리! 참, 가지가지 한다!'

철민은 목구멍까지 넘어오는 소리를 차마 뱉지 못하고 애써 차분하게 물었다.

"니 홈이 어딘데?"

"어……? 너… 우리 집도 몰라? 야! 니가 어떻게… 그럴 수가 있어? 어떻게… 우리 집을 모를 수가 있냐고?"

"뭐? 얘 좀 봐? 아무리 취했어도 그렇지, 너 말이 좀 이상하다? 야! 내가 너네 집을 어떻게 아냐?"

"내 말이… 이상해? 뭐가……? 어떻게 용사가… 용사가 공주님 집을… 모를 수가 있냐고… 하는 말이… 뭐가 이상하냐고?"

철민은 헛웃음을 흘리고 말았다.

"허허! 그래! 미안하다! 너네 집 몰라서 진짜 미안하다! 내가 아주 깊이 사과한다! 내가 왕자도 못 되고, 무슨 전설의 용사도 못 되고, 기껏 용사밖에 안 되서 그러는 거라 생각하고, 아무쪼록 깊이깊이 용서 좀 해주라!"

"용서해 달라고……?"

"그래! 깊이깊이!"

"그래! 그러지, 뭐……! 그딴 게… 뭐 큰일이라고……! 그래! 용서해 줄게! 자, 그럼… 다시 고~! 고~ 투 더… 마이~ 홈!"

"아, 닝기… 그러니까… 너의 홈이 도대체 어디냐고?"

"야! 넌 내비게이션도 쓸 줄 모르냐?"

갑자기 황유나의 목소리가 짜랑하다. 철민이 얼떨떨해할 때 그녀가 다시 명령했다. 사뭇 단호하게!

"켜 봐! 거기, '우리 집'이라고 있어, 없어?"

그러고 보니 초기 화면 메뉴 하단에 '우리 집'이라고 있긴 했다.

"있네!"

"그럼 고~ 투 더~ 마이~ 홈, 할 수 있어, 없어?"

"쩝… 있겠네!"

"자! 그럼 고~! 고~ 투 더~ 마이~ 홈!"

철민은 불만이 없지는 않았다. 아니, 내비게이션이 이거한 종류밖에 없냐고? 그리고 지 거에 '우리 집'이 등록되어 있는지, 안 되어 있는지 다른 사람이 어떻게 알겠냐고? 그러나 그런 불만을 감히 입 밖으로 내지는 못했다. 그런데 지금 보니 황유나가 생생해 보였다.

'그새 술이 좀 깼나?'

어쨌거나 황유나는 그에게 감당 불가였다.

앞으로 너랑은 웬만하면 같이 안 다녀야겠다.

"저기 좀 봐!"

철민이 막 출발하려는데 황유나가 손짓으로 앞쪽을 가리켰다.

50여 미터쯤 앞쪽의 도로변에 지금 정정 차림 일색의 열대여섯쯤 되는 사내가 몰려 있었다.

그리고 마침 검은색 중형차 한 대가 와서 멈춰 선다. 사내들 사이에서 몸집이 좋은 중년 사내 하나가 뒷자리로 올라타자, 주변의 사내들이 일제히 허리를 숙인다. 소위 말하는 90도 폴더 인사다.

처음 보는 광경이지만, 무슨 상황인지는 철민도 대번에 감이 왔다.

"저런 버러지 같은 자식들! 대로에서 저게 무슨 짓거리래? 도대체 뭘 보여주고 싶은 거야?"

황유나가 사뭇 격하게 말을 뱉었다.

철민은 괜스레 마음이 급해졌다.

"출발한다?"

대답을 들을 것도 없이 기어를 넣을 때였다.

"잠깐만 세워 봐!"

황유나가 외치며 다짜고짜 차 문을 열었다.

철민은 놀라 브레이크를 밟고는 버럭 소리를 질렀다.

"야, 너 진짜 왜 그래?"

그러나 황유나는 대답도 하지 않은 채 기어코 차에서 내렸다. 그러고는 휴대폰을 꺼내 카메라를 켜더니 도로 건너편을 향해 화면을 맞추며 말했다.

"112에 신고 좀 해!"

"뭐? 112에는 왜?"

철민이 반문하면서 건너편을 보니, 그쪽에서는 지금 한바탕 소란이 벌어지고 있었다.

좀 전의 검은색 중형차는 사라진 뒤였고, 대신 은색 승용차가 한 대 그 자리에 서 있었다.

그런데 좀 전의 사내들이 그 은색 차량을 둘러싸고는 고함을 치고 있었다. 운전자에게 위협을 가하고 있는 모양새였다.

철민이 대강의 전후 상황을 짐작해 보건대, 좀 전의 검은색 중형차가 왕복 이 차선의 도로를 가로막다시피 하고 있던 와중에 마침 은색 차량이 달려와서는 길을 비켜 달라고 한 모양인데, 아마도 경적 소리를 듣지는 못해서 상향 라이트를 한두 번쯤 번쩍거린 것 같았다. 그게 주변에 늘어섰던 사내들의 심기를 건드린 것이리라.

사내들이 거칠어지고 있었다. 아예 은색 차량의 지붕과 보닛을 뛰어다니는 놈까지 있다. 은색 차량이 크게 울렁대더니, 멈칫멈칫 움직이기 시작한다. 놈들을 피해 도망치려는 모양이다. 그러자 사내 두세 명이 아예 차의 앞쪽에 드러누워 버린다.

은색 차량은 차마 사내들을 치고 지나가지 못해 멈추고 만다.

그때였다. 사내들 무리 중 어디서 구했는지 쇠파이프를 든 놈이 달려 나오더니, 그대로 차의 전면 유리를 후려갈긴다.

이어 운전석이며 조수석 할 것 없이 창문을 사정없이 부수기 시작한다.

더는 견디지 못하겠던지 은색 차량의 운전자가 차 문을 열고 밖으로 나온다. 이어 조수석과 뒷자리에서도 두 명이 더 내린다. 셋 다 건장한 체구의 젊은 청년이었다.

곧바로 사내들이 우르르 청년들에게 달려들어 에워싼다. 그리고 폭행이 시작된다. 일방적이고 무자비한 폭행이다.

"뭐 해, 빨리 신고 안 하고?"

황유나가 휴대폰으로 촬영을 하며 재촉했다.

철민이 보기에도 저대로 두었다간 정말로 무슨 일이 날 것 같아서 얼른 112에 전화를 걸었다.

간단한 상황 설명과 함께 신고를 하고 나서 보니, 황유나는 여전히 촬영에 열중하고 있었다. 그런데 그녀는 이제 취한 모습이 아니었다. 투철한 기자 정신을 발휘하고 있는 것이다.

철민은 잠시 멍하니 황유나를 바라보았다. 예쁘다. 그리고 멋지다.

그러다 그는 흠칫 놀랐다. 황유나의 휴대폰에서 발산되고 있는 빛이 너무 환했다.

도로 건너편의 사내들이 조금만 주의한다면 자신들이 촬영당하고 있다는 걸 곧바로 알 만큼!

'만약 그렇게 된다면……?'

당장에 이쪽으로도 불똥이 튈 것은 불문가지의 일이다.

"이제 그만 찍어!"

철민이 말려본다. 그러나 황유나는 전혀 말을 들을 기색이 아니다.

"가만있어 봐! 나중에 저 자식들 집어넣으려면 증거가 있어야지!"

"그럼… 차 뒤쪽으로 좀 숨어서 찍든지!"

그 소리에는 대번에 핀잔이 돌아온다.

"넌 남자가 되어 가지고, 왜 그렇게 간이 작냐?"

간이 작다는 소리가 철민은 괜히 거슬린다. 그 때문에라도 다시 재촉할 마음이 생기지 않는다.

요란하게 사이렌이 울리더니 경찰차 한 대가 현장으로 들어섰다.

철민은 가슴을 쓸어내리며 안도의 숨을 내쉬었다. 신고한 지 5분쯤 지난 것 같으니, 경찰은 그런대로 신속하게 대응을 해준 셈이다.

경찰차에서 정복을 입은 경찰 둘이 내린다.

철민은 문득 불안해졌다. 기껏 경찰 둘로는 아무래도 사내들의 난동을 제압할 수 있을 것 같지가 않다. 아무리 경찰의 권위가 있더라도!

아니나 다를까? 사내들은 경찰의 등장에 전혀 아랑곳하지 않는 모습들이다. 아니, 아랑곳하지 않는 정도가 아니다. 사내들 서너 명이 갑자기 몰려와서는 경찰 하나의 멱살을 틀어잡는다. 그러더니 막무가내로 밀어붙이면서 도로변의 구석진 곳으로 끌고 간다. 그 광경에 나머지 경찰 하나가 다급히 경찰차 안으로 피신한다. 그야말로 무법천지가 따로 없다.

철민이 망연자실할 때였다. 사내들 중 한 놈이 갑자기 도로를 가로지르며 이쪽으로 달려오고 있다.

'이런……!'

기어코 황유나의 휴대폰 불빛을 발견한 모양이다.

철민이 다급한 김에 곧장 차에서 뛰어내려 황유나부터 차 안을 향해 밀어붙였다. 말은 그 뒤였다.

"들켰다. 빨리 차에 타!"

그런데 그 순간에도 황유나는 오히려 침착하다.

"아니야! 차는 두고 저쪽 샛길로 뛰자!"

번뜩 생각해 보니 그게 나을 것 같았다. 도로 폭이 넓지도 않은데, 놈이 몸으로 가로막기라도 하면 낭패이지 싶었다.

그러나 차를 버리고 도망을 치는 것도 문제였다. 멀쩡해 보인다지만 취기가 남은 그녀를 데리고 도망을 친다고 해봐야 몇 발자국이나 가겠는가? 그러나 더 이상은 우왕좌왕할 틈이 없었다. 철민은 한 팔로 황유나의 허리를 감고는, 곧장 화단을 따라 반대쪽으로 뛰었다.

"야~! 니들 거기 안 서?"

어느새 가까이 다가온 놈이 고함을 친다.

더구나 황유나는 하이힐 때문에 제대로 뛰지도 못하고 경중거리기만 한다. 이대로 함께 도망치다가는 금방 잡히고 말 것이다. 판단이 선 순간 철민은 뛰기를 멈췄다. 그리고 황유나의 등을 떠밀며 외쳤다.

"너 먼저 가!"

"뭐? 어쩌려고?"

황유나가 가지 않고 버티고 선다.

"가!"

철민은 다급한 김에 버럭 소리를 질렀다. 그러자 황유나가 흠칫 놀라며 주춤주춤 걸어간다.

놈은 이제 불과 20여 미터 앞까지 쫓아왔다.

그런데 그때 황유나가 돌연 뒤돌아선다.

"야! 뭐 해? 빨리 가라니까?"

철민의 외침에도 황유나는 그를 향해 돌아온다.

"안 되겠어! 널 두고 어떻게 나 혼자 가니?"

"얘가, 지금……?"

그러나 그때 놈이 바로 앞까지 다가왔다. 할 수 없다. 어떻게든 놈을 막는 수밖에!

철민은 떨렸다. 떨림은 빠르게 온몸으로 번져갔다. 떨림은 또한 그의 가슴 한구석에다 뿌듯한 느낌을 만들어냈다.

'그녀는 내가 지킨다! 용사로서!'

삐~ 용! 삐~ 용! 삐~ 용!

다시금 사이렌이 요란하더니, 건너편 도로에 경광등 불빛을 번쩍이며 경찰차 네 대가 잇달아 들이닥쳤다.

그리고 열댓 명쯤의 인원이 우르르 쏟아져 나왔는데, 사복인 것으로 보아 형사 기동대가 출동한 모양이었다.

막 철민에게 덮쳐 들 찰나, 갑작스런 경찰차들의 출동에 주춤하던 놈은 뭐라고 욕을 뱉으며 황급하게 달아났다.

순간 철민은 휘청 다리가 풀리고 말았다. 온몸의 긴장이 일시에 풀린 까닭이다.

길 건너편에서는 이리저리 달아나는 놈들과 쫓는 형사들 사이에서 한바탕 난리가 벌어졌다.

진압봉에 머리가 터지는 놈.

가스총에 맞고 주저앉아 콜록대는 놈.

전기 충격기에라도 당했는지 바닥에 드러누워서는 회초리 맞은 개구리처럼 사지를 쭉 뻗는 놈. 등등.

놈들이 속속 제압되고 있다.

수갑이 채워진 놈들은 차례로 경찰차에 태워졌다.

이윽고 상황이 정리 된 뒤, 경찰차들이 일제히 현장을 떠

날 때였다.

"우리도 따라가자!"

황유나가 서둘러 차에 오르며 말했다.

"어딜 따라가?"

"경찰서! 촬영한 거 경찰에 넘겨줘야지! 저놈들 설레발치며 지들 잘못한 건 하나도 없다고 딱 잡아뗄 건 안 봐도 비디오야!"

"쩝!"

철민은 저도 모르게 입맛을 다시고 말았다.

그러나 어떻게 할 것인가? 술에 취해 인사불성 직전에도 어떻게 해보지 못했는데, 이제 거의 멀쩡해진 그녀를 감히 어떻게 거역하랴?

황유나가 경찰서 주차장에 차를 대고 함께 안으로 들어가자고 하는 걸 철민은 끝까지 거부했다.

'네가 하잔 대로 다 하진 않아!'

알량하지만, 철민의 마지막 자존심이었다.

철민은 비록 '안으로' 들어가지는 않았지만, 출입문 바로 바깥의 현관에 서서 내내 그녀가 나오기를 기다렸다.

황유나는 10분쯤 지나 경찰서를 나왔다.

"앞으로 너랑은 웬만하면 같이 안 다녀야겠다."

철민이 짐짓 투덜거렸다.

황유나가 피식 웃으며 받는다.

"훗! 왜? 나랑 있으니까 간 떨려서?"

철민 또한 실소하지 않을 수 없었다.

"그래! 간 떨려서 그런다! 떨리다 못해 아주 바짝 쪼그라 들어서 그런다!"

"호호호!"

황유나의 웃음소리가 짜랑했다. 그러나 그녀는 곧 이마를 짚으며 휘청거렸다.

"어어? 너, 왜 그래?"

"나… 다시 취하나 봐. 막 어지러워."

이건 또 무슨 소린지? 방금까지 멀쩡하던 애가 왜 또 갑자기 취한단 말인가? 그새 다시 술을 퍼마신 것도 아닌데 말이다. 그러나 어떻게 하랴? 금방이라도 쓰러질 듯 휘청거리는 그녀를. 철민은 얼른 그녀를 부축하여 차에 태웠다.

밤늦은 시간이라 그런지 도로는 한산한 편이다. 철민이 속도를 좀 내는데, 조수석의 황유나가 끝도 없이 말을 걸어온다. 잔뜩 혀가 꼬인 채로!

철민은 바짝 긴장한 상태다. 아직 초보여서 잠깐이라도 주의가 흐트려졌다간 차가 어디로 갈지 장담할 수 없었다.

'제발 좀 자라! 자!'

이윽고 철민은 그녀에게 비는 심정이 되고 말았다.

대형 사고

뜻밖에도 황유나의 집은 시내 중심가에서 얼마 떨어지지 않은 오피스텔이었다. 본가가 직장과 멀어서, 가까운 곳에다 오피스텔을 구해 혼자 생활하고 있는 중이라고 했다.

철민은 주차를 걱정했지만, 다행히도 지하 주차장에 빈자리가 있었다.

"자! 됐지? 난 이제 갈 테니까, 들어가라!"

철민이 차에서 내려 키를 건네며, 황유나에게 인사를 했다.

그런데 그녀는 인사를 받는 대신 툴툴거린다.

"넌 기사도 정신도 모르냐?"

하다하다 이제 별소리를 다 한다. 갑자기 뭔 기사도 타령인가 싶다.

"숙녀가 술에 취했으면, 문 앞까지는 데려다주는 게 신사의 에티켓이지! 그리고 요즘 세상이 얼마나 험하니? 이 늦은 시간에 나처럼 어여쁜 숙녀가 혼자 엘리베이터를 탔다가 치한이라도 만나면 어떡하라고?"

숙녀? 기사도 정신에서 갑자기 신사의 에티켓으로 바뀐

건 그렇다 치더라도, 숙녀라는 말에 대해서는 철민은 인정할 수 없었다. 엘리베이터에서 치한을 만나면 어떻게 하냐고?

'아이고! 네가 걱정되는 게 아니라, 오히려 그 치한이 걱정된다, 야!'

그러나… 어쩌랴? 숙녀는 아닐지라도, 걱정이 되지 않을지라도 황유나가 저렇게 말을 꺼낸 이상 어쩔 수 없었다.

그나마 다행인 점은, 집에 다 오자 다시금(?) 취기가 덜해졌는지, 조금쯤 휘청거리기는 해도 부축은 하지 않아도 될 정도라는 것이었다.

엘리베이터를 탔다. 그녀가 27층을 누른다.

'참 높이도 산다!'

엘리베이터가 한참이나 올라가더니, 이윽고 27층이었다.

중간에 한 번도 멈추지 않았다. 당연히 치한도 만나지 않았다.

층의 구조가 특이하다. 복도를 가운데로 해서 네 개의 집이 빙 둘러 배치되어 있다. 황유나는 그중 왼편 안쪽의 집을 향해 걸어간다.

또각!

또각!

하이힐 소리가 갇힌 공간을 명쾌하게 울린다.

철민은 그녀를 따라가지 않았다. 그녀의 뒷모습을 보고 있자니, 새삼스럽게도 참 늘씬하긴 하다는 생각이 들었다. 한편으로 초등학교 동창 사이가 아니라면, 그가 감히 지금처럼 편하게 대하기는 버거웠을 거라는 생각도 슬며시 든다. 괜히 입맛이 쓰다. 얼른 생각을 수정한다.

'버겁기 전에, 그녀는 내 스타일이 아니다!'

그녀는 너무 당차다. 성격이 그렇다기보다는, 누구 앞에서도 당찰 수 있을 만큼 잘났다고 하는 것이 맞을까? 성취욕도 대단하고!

그래서 그처럼 대범하지 못하고, 딱히 뚜렷하게 이루고자 하는 인생의 목표가 있는 것도 아닌, 그저 평범할 뿐인 남자가 감히 감당할 수 있는 여자가 아니다.

'쩝! 결국은 다시 버겁다는 얘기로 귀결되는 건가?'

어쨌든 다시금 분명해지는 건, 그녀는 '그냥 여친'일 수밖에 없다는 사실이다. 언감생심 '진짜 여친'이 아닌, 그저 초등학교 동창으로서 편하게 지내는 '그냥 여친'!

"뭐 해, 거기서?"

그녀가 뒤돌아보며 나직이 소리친다. 나직하다고 해도 그 소리는 사뭇 짜랑해서 철민은 괜히 흠칫했다.

'누가 듣기라도 하면 어쩌려고? 오해라도 하면 어쩌려고?'

그녀는 자신을 공인이라고 말하는 것에 대해 별로 혼쾌해하지 않는 것 같지만, 어쨌든 TV에 얼굴까지 비추는 방송사 기자로서, 이토록 야심한 시간에 집 앞까지 남자를 데리고 왔다는 건 충분히 오해의 소지가 있었다.

또각!

또각!

그녀가 되돌아오고 있다.

"그냥 가려고?"

묻는 말에 철민은 고개만 끄덕였다.

그녀 또한 고개를 끄덕인다.

"그래! 오늘 나 때문에 고생 많았어!"

쿨하고도 시원스럽다. 그럼으로써 그녀는 본래의 당당한 모습을 과시라도 하는 듯하다.

철민은 괜히 쓴웃음이 지어지려는 것을 애써 참았다. 엘리베이터의 버튼을 눌렀다. 그런데 엘리베이터의 문이 열리고 그가 막 타려는 순간,

"완빠치!"

그녀가 불렀다.

갑작스러운 소리에 철민은 겸연쩍은 심정으로 뒤를 돌아보았다. 순간 그녀의 얼굴이 확 다가온다.

'엇?'

철민은 화들짝 놀라 반사적으로 얼굴을 확 돌렸다. 그러나,

'아뿔싸!'

한순간 뭔가 물컹한 느낌이 그의 입술을 살짝 누르고 지나간다.

철민은 그대로 얼어붙고 말았다. 물컹한 느낌의 정체는 바로 그녀의 입술이었다. 순간적으로 그녀와 입술을 맞대고 만 것이다.

"너……?"

철민이 당황스러워하자 그녀 또한 몹시 당혹스러워하는 기색이었다. 그런 모습에서 그는 빠르게 상황을 추정해 볼 수 있었다. 아마도 그녀는 가볍게, 혹은 장난스럽게 오늘 그가 수고한 것에 대한 고마움을 표시하려고 그의 볼에 살짝 입맞춤을 하려고 했던 것이리라! 그런데 그가 너무 요란스럽게 대응하는 바람에 그만, 불의의 대형 사고가 생기고 만 것이리라.

"아이구! 우리 용사님! 얼굴이 아주 빨갛게 변했는데? 이 누나하고 입술 박치기 한 번 한 게 그렇게 부끄러워? 아이구! 눈도 못 마주치네? 어떻게 하나? 우쭈쭈!"

역시 황유나였다. 장난스럽게 넘기며 잔뜩 얼어붙어 있는 그를 가볍게 엘리베이터 안으로 밀어 넣는다.

그는 아무 말도 하지 못했다. 입이 떨어지지 않는 건 고사하고, 숨조차 제대로 쉬어지지 않았다.

"잘 가! 오늘 정말 고마웠어!"

그녀의 목소리와 함께 엘리베이터의 문이 닫힌다.

"흐으~ 읍!"

엘리베이터가 움직이기 시작하고 나서야 그는 길게 숨을 들이켤 수 있었다. 잔뜩 얼어붙었던 몸도 조금 풀렸다. 대신 갑자기 머리가 혼란스러워지기 시작했다.

제8장

허기

그러니까 당분간 월세를 미뤄드리면 되는 겁니까?

박 소장의 사회문제연구소는 아무래도 좀 어설퍼 보인다. 명색이 연구소라면서, 뭘 연구하는 낌새는 도통 보이지가 않는다.

박 소장과 두 명의 직원은 딱히 하는 일도 없이, 마냥 노는 것만 같다.

육 소장은 혹시 심부름센터 같은 종류의 일일지도 모르겠다는 우려 섞인 추측을 내놓기도 했다.

간판만 그럴듯하게 달아놓고, 실상은 남의 뒤나 캐주는 등의 허가받지 않은 사설탐정 같은 것 말이다. 물론 그냥 이 런저런 추리를 해보는 것일 뿐이다. 그런 추리나 하고 있어 도 좋을 만큼, 관리 사무소의 일과가 느긋한 측면이 있기도 하고.

'남의 뒤나 캐주는 사설탐정'일지 몰라도, 한동안 함께 지 내면서 사회문제연구소 사람들에 대한 인상은 좋게 유지되 고 있다고 할 수 있다.

박 소장이 진즉부터 관리 사무소의 비공식 커피 타임의 멤버로 참여하여 나름의 자기 관리를 열심히 하고 있는 것 이야 기지의 사실이고, 탄탄가이와 핸섬가이 역시 썩 괜찮 은 이미지를 쌓아가고 있다.

탄탄가이가 철민과 이미 한 차례 금전 거래를 튼 바 있다 는 사실은 예외로 치더라도, 두 가이는 싹싹하고 성실해서 육 소장과 청소하는 아주머니들에게까지 아주 후한 점수를 따고 있었다.

오후 3시. 육 소장은 상가를 한 바퀴 둘러본다며 나갔고, 철민 혼자서 무료한 시간을 보내고 있는 중이었다.

관리 사무소의 문이 빠끔 열렸다.

상반신만 들이밀어 사무실 내부를 한번 쓱 훑어본 다음

에야 슬그머니 안으로 들어서는 이는 박 소장이었다.

이미 오늘의 커피 타임을 가진 뒤였으니, 또 무슨 일인가 하고 철민이 눈으로만 용건을 물었다.

박 소장이 괜히 겸연쩍은 듯이 설렁설렁 다가선다.

"대표님! 저녁에 시간이 좀 어떠신지……? 괜찮으시면 저랑 소주나 한잔하시렵니까? 그동안 얻어먹기만 했으니 오늘은 제가 한잔 사겠습니다."

뜬금없는 소리다.

철민으로서는 박 소장이 뭔가 아쉬운 소리를 하려나 보다 하고 생각을 했다.

일부러 육 소장이 없는 틈을 타서 온 것 같은 낌새부터가 그렇다. 슬그머니 부담이 된다.

'한잔할 거면, 육 소장도 같이하자고 그럴까?'

그러나 이런 경우가 생길 때마다 육 소장을 방패로 삼을 수도 없는 노릇이다.

'일단은 무슨 얘긴지 들어나 보자!'

철민은 짐짓 흔쾌히 오케이를 했다.

저녁 7시. 철민은 외투를 챙겨 입었다. 상가 내에 있는 가게로 약속 장소를 정했기에, 집에 갔다가 다시 나오기는 어중간했다.

육 소장에게는 일이 좀 있어서 그러니 먼저 퇴근하시라고 하고, 혼자서 관리 사무소에 남아 있었다.

철민은 엘리베이터를 타고 3층에서 내렸다. 그러나 그가 향하는 곳은 커피 타임 멤버들의 단골이 되어버린 쭌이 아니었다. 통로 중간쯤에서 다시 좌측으로 꺾어 들어간 곳에 있는 생맥주집이다.

사실 박 소장이 장소를 정해보라고 하기에, 철민은 처음에 익숙한 대로 쭌으로 하려고 했었다.

그러나 설핏 생각해 보니 쭌은 조 관장이 혼자서도 수시로 들르는 곳이라 괜히 마주치기라도 했다가는 쓸데없이 번거로울 것 같았다.

그리고 상가의 주인 된 입장으로서 한 점포만 계속 이용하는 것이 그렇게 합당하지는 않겠다는 생각도 들어 겸사겸사 생맥주집으로 장소를 정한 것이다.

먼저 와서 자리를 잡고 있던 박 소장이 철민을 반긴다.

마주 앉은 두 사람 사이에 괜스레 어색한 분위기가 흐른다.

곧 500cc 생맥주가 나오고, 두 사람은 서두르듯 한 잔을 비워 낸다. 그리고 나서야 박 소장이 조심스레 말을 꺼낸다.

"구구한 말씀을 드리기 전에 본 용건부터 말씀을 드리겠습니다. 제가 오늘 대표님을 뵙자고 한 건, 대표님께 도움을 청할 일이 있어서입니다!"

'결국 그 얘긴가?'

철민은 이미 그럴 것이라고 짐작하고 있었음에도 박 소장이 이렇듯 단도직입적으로 말을 꺼내자, 설핏 당황스러워졌다.

"제게 도움을 청하실 일이라면……?"

"일전에도 말씀드린 바 있지만, 저희 연구소가 하는 일이란 게 돈 되는 일은 결코 아닙니다. 오히려 소소하게나마 돈 쓸 구석만 많지요. 그런 형편에도 저희가 지금까지 연구소를 유지해 올 수 있었던 건, 저희의 뜻을 좋게 봐주시고, 공감해 주시는 분들이 적게나마 계셨던 덕분입니다. 그분들이 십시일반으로 모아 주시는 성금과 또 사회 각계의 뜻있는 독지가들이 기부를 주선해 주신 덕에 빠듯하게나마 살림을 꾸리고 연구 활동을 이어올 수 있었던 거지요. 사실 이전까지 입주해 있던 사무실도 어느 독지가께서 몇 년간이나 무상으로 내주셨던 것인데, 안타깝게도 그분이 갑자기 타계를 하시고 건물이 유산으로 배분되는 과정에서 매각되는 바람에, 이사할 곳을 백방으로 찾아 헤맨 끝에 겨우 이리로 옮기게 된 것입니다. 그런 데다 요새 경기가 나빠지면서 그나마 얼마 되지 않던 성금과 기부가 속속 떨어져 나가다 보니… 휴우~!"

박 소장은 길게 한숨을 내뱉은 후 다시 말을 이었다.

"결국, 더 이상 사무실의 운영이 어려운 지경에까지 오고야 말았습니다. 겨우 두 명뿐인 직원의 월급을 챙겨주지 못한 지가 벌써 일 년이 다 되어갑니다. 워낙 우리 사회의 발전에 기여한다는 사명감이 워낙 투철한 친구들이다 보니 불평 한마디 안 하고 있지만……. 그 친구들 월급은 그렇다 쳐도, 당장 사무실 운영 비용을 충당할 길이 막막하니… 휴우~!"

박 소장의 한숨이 더욱 깊어진다.

철민은 겸연쩍어서라도 계속 듣고만 있을 수 없었다.

"정말… 고민이 많으시겠군요!"

하고 말을 뱉긴 했는데, 솔직히 무슨 의미를 담고 한 말은 아니다.

박 소장이 의자를 바짝 당겨 앉는다. 그런 그의 눈이 언뜻 반짝이는 것 같다.

"이럴 때 우리 대표님 같은 분이 좀 도와주시면 얼마나 감사할까요?"

순간 철민은 설핏 후회가 되었다.

'역시 육 소장과 함께 나왔어야 했는데……!'

철민은 절감할 수밖에 없었다. 아직은, 아직까지는 육 소장이라는 방패가 필요하다는 것을! 그러나 어쨌든 면전에서 매정하게 거절할 수도 없는 노릇이었다. 거절할 때 거절하더라도, 일단 시간이라도 좀 끌어야 했다. 그리하여 일단은 이 자리에서부터 발을 빼고 봐야 했다.

"무슨 말씀이신지는 알겠습니다만… 사실은 저 역시도… 지금은 제 앞가림하기에도 버거운 처지라……."

철민은 적당히 얼버무릴 요량이었다. 그런데 박 소장이 틈을 주지 않는다.

"큰 도움을 바라는 건 아닙니다. 대표님께서 저희를 도와 주시려는 마음만 있다면 얼마든지 가능한, 아주 작고 쉬운 일입니다. 사무실 월세에 대한 말씀입니다. 아아! 절대 감면해 달라는 건 아닙니다. 당분간만 좀 연기해 주십사 하는 겁니다. 그렇게 해주신다면 저희가 형편이 좋아지는 대로 일순위로 밀린 월세부터 내도록 하겠습니다. 대표님… 부탁 드리겠습니다!"

철민은 말문이 막히고 말았다.

이쯤 되면… 뻔뻔하다고 해야 하나? 이런 분야(?)에 있어서 박 소장은 조 관장보다도 오히려 윗줄 같다.

조 관장이 보였던 눈치와 넉살, 그리고 얄팍한 계산들이야 '뭐, 그 정도쯤이야!' 하고 넘길 수 있는, 한편으로는 애교스러운 수준이었다.

그러나 지금 박 소장은 한마디로 뻔뻔하다. 아주 사람을 가볍게 보고 '날로 먹어보자!'는 수작이 아닌가 하는 생각까지 들었다.

괘씸하기도 하다. 애초에 철민이 사무실의 월세를 시세의 절반으로 깎아준 바가 있었는데, 당시 박 소장의 달변과 호소에 대해 조금이라도 공감이 되는 부분이 있었던 까닭이다.

그런데 지금 보니, 그런 게 다 '수작'에 불과했구나, 하는 의심과 배신감마저 들었다.

'너무 속 좁지 않은가?'

철민은 문득 쓴웃음을 삼키고 말았다. 다른 건 다 제외하고서라도, 그깟 월세 얼마나 한다고, 괘씸하고 의심과 배신감이 드느냐는 말이다.

그의 처지가 정말로 '제 앞가림하기에도 버거운' 것은 아닐 텐데 말이다. 그는 이내 담담해졌다.

철민이 멀거니 쳐다보자, 박 소장은 제 풀에 슬쩍 겸연쩍어진 모양이었다.

"정말 염치없는 부탁인 줄은 압니다만……."

박 소장이 다시 '뻔뻔해지려는' 것을, 철민이 가볍게 고개를 젓는 것으로 끊었다. 그리고 차분하게 물었다.

"사실은 좀 궁금했는데, 박 소장님의 연구소가 하는 일이

구체적으로 어떤 것입니까?"

박 소장의 눈빛이 대번에 반짝거린다.

"사회문제연구소라는 이름 그대로, 우리 사회가 안고 있는 문제들을 도출하고 연구하는 일입니다. 특히 사회와 대중의 관심에서 소외된 까닭에 공적인 기구들에서는 미처 다루어지지 못하는 사회 이면의 다양한 문제점들에 대해, 그 정확한 실상을 파악하고, 감시하며, 나아가 해결 방법을 연구, 모색하는 그런 일들입니다!"

막힘없는 언변이다.

그러나 철민으로서는 선뜻 이해하기도, 또 공감하기도 어려운 종류의 얘기였다. 무엇보다 현실성이 없는 얘기 같다. 고작 세 사람뿐인 연구소에서, 사뭇 거창하게만 들리는 그런 일들을 어떻게 다룰 수 있다는 말인가?

그렇더라도 철민은 일단 편하게 생각하기로 했다. 너무 속 좁지 않게! 현실성이 없더라도, 설령 역시나 '수작'에 불과할지라도 조금쯤 더 두고 보지 못할 것은 아니었다.

"그러니까 당분간 월세의 납부를 미뤄드리면 되는 겁니까?"

그 말에 박 소장은 철민의 손을 덥석 잡았다.

"고맙습니다, 대표님! 형편이 풀리는 대로 밀린 월세를 일순위로 갚겠다는 약속은 꼭 지키겠습니다. 그리고 저희가 도울 수 있는 일이 있다면 언제라도 말씀하십시오! 두 팔 걷 어붙이고 돕겠습니다!"

박 소장의 손아귀 힘이 제법 우악스럽다. 그가 흔드는 대로 철민의 몸이 따라 흔들린다.

그래도 철민은 그다지 기분이 나쁘지 않았다.

정전

토요일이다. 주말의 낙원상가는 평일보다 더욱 활기차고 바쁘다.

다만 철민에게는 휴일이다. 주 5일 근무는, 그가 부자로서 누려야 할 최소한의 권리로 정해둔 것들 중의 하나다.

사실 그가 있으나 없으나 상가가 돌아가는 데는 아무런 영향이 없다.

그리고 그가 출근하지 않는 것이 명절이나 특별한 날 외엔 따로 쉬는 날이 없는 육 소장에게는 하루의 자유로움과 휴식을 주는 것이 될 수도 있을 것이다.

어쨌든 그가 늘어지게 늦잠을 자고 있을 때, 그는 당연히 모르는 일이지만, 낙원상가에서는 아침부터 한바탕 난리가 벌어진다.

낙원상가의 3층 전체가 갑자기 정전이었다.

당장에 식당들이 난리를 친다. 점심 장사 준비로 한창 정신없는 판에 갑자기 전기가 들어오지 않으니, 모든 게 스톱이다.

최대한 빨리 해결하지 않으면 오늘 점심 장사는 망치고 만다. 주말 점심 장사의 매출 비중이 높은 편이니, 어느 식당 할 것 없이 안달이었다.

육 소장은 즉시 전기공사 업체에 연락을 취했다. 그런데 업체의 수리 기사들이 지금 모두 다른 현장에 나가 있다며, 오후나 되어야 올 수 있다고 한다.

육 소장이 안면이 있는 이에게 한바탕 고래고래 소리를 지른 덕분에 현장에 나가 있던 전기 기사 하나를 겨우 이쪽으로 오게 했다.

육 소장은 캐비닛 깊숙이 처박혀 있는 서류 뭉치를 한참이나 뒤진 끝에, 용하게도 상가의 전기 설비 관련 도면들을 찾아냈다.

그리고 업체의 전기 기사가 도착하자마자 테이블에다 있는 대로 펼쳐 놓고는 어떻게 빨리 좀 해결해 보라고 다그쳤다.

전기 기사는 그런 육 소장의 채근이 마음에 들지 않는 모양인지 시큰둥하다. 그러더니 급할 것 하나 없다는 듯이 느릿느릿하게 도면을 들추는데, 보는 건지, 보는 시늉만 하는 건지 영 애매하다.

소위 '쟁이의 곤조'라는 건지, 아니면 급행료라도 달라는 건지. 육 소장은 조급하다 못해 울화가 치밀었다.

그러나 전기에 대해서 아는 게 전혀 없는 마당에 그가 더 이상은 뭐라고 할 수도 없는 노릇이었다. '지금 우리 상가 식당들이 아주 난리가 났다. 수리비 외에 별도로 수고비도 좀 챙겨 줄 테니, 어떻게 빨리 좀 해결해 주라!' 육 소장이 그를 달래고 사정했다.

30여 분이 훌쩍 지나갔다.

전기 기사는 내내 도면만 뒤척이고 있었다. 간간이 고개를 갸웃거리는 모습으로 보아 아직 원인조차 잡지 못하고 있는 게 아닌가 싶다.

육 소장은 진땀만 났다. 점심시간이 코앞으로 닥쳐오자 식당 주인들이 분주히 전화를 하고, 또 일부는 관리 사무소까지 쫓아 올라와서는 아주 난리들을 친다.

그렇다고 육 소장이 전기 기사를 다시 다그치지도 못한다. 전기 기사의 '곤조'도 그렇지만, 혹시 방해가 될까 싶어서였다.

어쨌거나 지금 문제를 해결할 사람은 오로지 전기 기사뿐인 것이다.

하도 난리라 같은 층에 있는 사회문제연구소의 박 소장 등도 아까부터 연신 관리 사무소를 들락거리고 있었다.

뭐라도 도울 일이 있을까 싶어서일 것이다.

탄탄가이는 숫제 전기 기사의 옆에 붙어서 함께 도면을 들여다보고 있다. 전기라는 게 특히나 전문 지식과 기술을 필요로 하는 분야이니, 문외한이 들여다본다고 해결될까 싶다만, 오죽 안타까운 심정이면 그럴까 싶었다.

"뭡니까?"

전기 기사의 말투가 까칠하다. 덩치가 작지도 않은 탄탄가이가 바짝 붙는 것이 영 거슬린다는 기색이다.

육 소장이 덩달아 화를 내듯이 말한다.

"거, 일하는 데 방해되지 않나? 저쪽으로 좀 비켜나 있게!"

"아… 예!"

탄탄가이가 얼른 뒤로 물러선다.

전기 기사는 잔뜩 찌푸리고 있더니, 보고 있던 도면 뭉치를 주섬주섬 챙겨 들고는 '휙!' 관리 사무소를 나가버린다.

육 소장이 급하게 뒤따르려다가 탄탄가이 또한 엉거주춤 따라 나서려는 걸 보고 '툭!' 쏜다.

"자넨 왜 또 따라오려고?"

탄탄가이가 어색한 웃음을 짓는다.

"좀… 도와드릴 게 있을까 해서……!"

육 소장이 이마를 찡그린다. 그러나 돕겠다는 사람을 굳이 내치는 것은 사람 간의 도리가 아닐 터였다. 그리고 막상 현장 일을 하다 보면 이런저런 잡다한 심부름을 해줘야 하는 경우도 생길 것이니, 한 사람쯤 일손이 더 늘어도 나쁠 것은 없었다.

아니나 다를까? 앞서가던 전기 기사가 사다리를 하나 구해달라고 한다.

육 소장이 시키기도 전에 탄탄가이가 눈치 빠르게 나선다.

"제가 가지고 오겠습니다. 어디 있습니까?"

"으… 응! 지하 주차장 사무실 근처 어디쯤에 있을 걸세!"

"알겠습니다. 금방 다녀오겠습니다."

탄탄가이가 시원스레 대답하고는 곧장 달려간다.

육 소장은 괜스레 못 미덥다.

'내가 갈걸……!'

말이 '지하 주차장 사무실 근처 어디쯤'이지, 온갖 잡동사니가 켜켜이 쌓여 있어서 그가 직접 가더라도 한참은 뒤져야 할 상황인데, 사정 모르는 엉뚱한 사람으로서는 헤매다가 시간이나 잡아먹기 십상이었다.

그런데 5분도 채 걸리지 않아 탄탄가이가 철제 사다리를 어깨에 걸치고 돌아왔다.

육 소장은 괜스레 흐뭇했다. 젊은 친구가 똑 부러지는 데가 있다 싶었다.

사다리를 올라가 천장의 보드를 뜯어내고는 그 안으로 들어간 전기 기사가 다시 나올 생각을 하지 않고 있다.

육 소장은 벌써듯이 내내 사다리 주변만 맴돌고 있다.

다시 20분쯤 자나고 나서야 전기 기사가 천장에서 내려온다.

"이거… 아무래도 도면이 좀 잘못된 것 같은데……. 배선을 하나하나 확인하면서 세부적으로 원인을 찾아나가려면, 시간이 얼마나 걸릴지 모르겠는데요?"

육 소장의 표정이 확 굳어진다.

"도면이 뭐가 잘못돼? 이 건물은 지은 지가 30년이고, 내가 맡은 지만 10년이야! 10년 동안 이런저런 고장이 한두 번이었겠어? 그때마다 문제없이 정비를 해왔지만, 아직까지 도면이 잘못됐다는 소리는 한 번도 못 들어봤어! 그리고 시간이 얼마나 걸릴지 모르겠다니? 진작 못한다고 했으면 다른 기사라도 불렀지! 실컷 시간만 끌어놓고 이제 와서 그딴 소리를 하면 나더러 도대체 어쩌라는 거야?"

육 소장의 기세가 험악해지자, 전기 기사는 움찔하고 말았다.

"어쨌든… 이대로는 세부 점검을 할 방법이 없으니, 일단은 저희 사무실로 돌아가서 필요한 장비들을 더 챙겨 가지고 오도록 하겠습니다."

둘러대는 소리가 분명해 보여서, 육 소장은 기어코 울화를 터뜨리고야 말았다.

"뭐야, 지금 도대체 뭐 하자는 거야? 장비가 더 필요하면 전화를 해서 이리로 가져오라고 해야지! 지금 일분일초가 급한 마당에 가긴 어딜 가? 안 돼! 못 가! 무슨 수를 써서라도 지금 당장 고쳐 놔! 그러기 전에는 절대 못 가!"

육 소장이 고래고래 소리를 질러대며 전기 기사를 억박지른다. 그러고는 전기 기사가 지니고 있던 장비들이며 공구 몇 가지를 아예 빼앗아 놓는다.

그때 육 소장의 휴대폰이 울린다. 육 소장은 전화를 받자마자 '지금 고치고 있는 중이니, 조금만 더 기다려 달라!'고 아주 진땀을 뺀다.

그런데 그가 전화를 받는 사이, 전기 기사가 슬그머니 사라져 버렸다. 자신의 장비며 공구들을 그대로 두고서!

"자네는 뭐 하고 있었기에, 그 친구가 도망치도록 그냥 두었나?"

육 소장은 난감하다 못해, 애꿎은 탄탄가이를 나무랐다.

탄탄가이는 정말 제 잘못이기라도 한 듯 순순히 육 소장의 나무람을 듣는다. 그러고 나서야 그가 조심스럽게 말을 꺼낸다.

"저기… 제가 한번 해봐도 되겠습니까?"

"뭘? 자네가 뭘 해볼 수 있는데?"

육 소장의 반문에 짜증이 섞인다. 그에 탄탄가이는 더욱 조심스러워졌다.

"제가… 전기를 조금 압니다."

그 말에 육 소장의 눈이 대번에 커진다.

"뭐, 정말인가?"

"예……! 전문적으로 배우거나 한 건 아니고, 그냥 어깨너머로……."

턱!

육 소장이 탄탄가이의 어깨를 치며 소리를 질렀다.

"그럼 지금 뭐 하고 있나?"

"예?"

"전문적으로 배웠든, 어깨너머로 배웠든 상관없으니까, 당장 어떻게 좀 해보라고!"

"예! 알겠습니다! 그럼……!"

탄탄가이는 전기 기사가 두고 간 설비와 공구들을 주섬

주섬 챙겨 사다리를 타고 천장으로 들어간다.

육 소장은 다시 사다리 주변을 맴돌며 하염없이 천장에 난 시커먼 구멍만 쳐다보고 있다. 그로서는 탄탄가이를 믿고 안 믿고의 문제가 아니었다. 탄탄가이가 썩은 새끼줄이라고 할지라도 붙잡고 있을 수밖에 없는 간절한 심정이었다.

육 소장의 휴대폰이 연신 울렸다. 식당 주인들은 이제 거의 포기하는 분위기다. 더하여 몇몇은 정전에 대한 관리 사무소의 책임 문제와 손해배상에 관한 얘기까지 거론하고 있다.

육 소장의 섭섭한 마음이야 말할 수 없을 정도다. 상가의 점포들 중 특히 식당들은 대부분 오래된 인연이다. 짧은 곳이라고 하더라도 5년은 넘는다. 모두가 정겨운 이웃으로, 나아가 한 지붕을 이고 사는 식구였는데 당장의 손해가 좀 난다고 해서, 책임이니 배상이니 하는 얘기가 나오니 인정이 참 야박하다 싶었다.

그러나 상가의 관리소장으로서 그가 지금 섭섭하고 야박하다고 싫은 소리를 할 처지는 아니었다. 그는 더욱 애타게 천장의 구멍을 바라본다.

마침내 천장의 구멍에서 얼굴 하나가 불쑥 나타난다. 잔뜩 먼지를 뒤집어쓴 데다 온통 땀으로 번들거리는 꾀죄죄한 얼굴이다.

탄탄가이다.

육 소장이 마지막 집행을 기다리는 사형수의 심정으로 묻는다.

"어떻게 됐나?"

탄탄가이가 고개를 갸웃한다.

"제가 할 수 있는 건 다했습니다만… 잘 모르겠습니다!"

"잘 모르겠다고……? 허~ 어!"

육 소장은 탄식하고 말았다.

사다리를 타고 내려온 탄탄가이는 성큼성큼 배전반으로 간다. 그리고 배전반의 덮개를 열었다.

"꿀꺽!"

육 소장은 저도 모르게 마른침을 삼킨다. 이제 탄탄가이의 손가락에 의해 모든 것이 결정된다.

이윽고 탄탄가이가 메인 스위치를 올린다.

"불이다!"

"불이 들어왔다!"

3층 곳곳에서 환호성이 터져 나온다.

사정을 모르는 사람이 들었다면 크게 불이라도 난 줄 오해할지도 모르겠다.

육 소장은 저도 모르게 두 손을 번쩍 치켜든다. 그리고 탄탄가이를 부둥켜안는다.

"고맙네! 정말 고마우이!"

허기

육 소장은 철민에게 전화를 해서 정전 사건의 전말을 보고했다.

특히 '선 조치 후 보고' 할 수밖에 없을 만큼 사안이 다급했었음에 중점을 두었다.

오래도록 직업군인을 했던 그가, 문제가 발생했을 때 가장 먼저 해야 하는 조치는 보고다. 그게 원칙이다. 그러나 이번 정전 사태에서는 그런 원칙을 생각조차 못 할 정도로 경황이 없었다.

철민이 치사를 했다.

"정말 대처를 잘하셨다. 역시 육 소장님이시다!"

기대 이상의 치사였기에, 육 소장은 슬쩍 곁다리 하나를 쳤다.

"이번에 사회문제연구소의 박 소장과 직원들의 역할이 정말 컸습니다. 그래서 그 친구들 수고를 치하하는 자리가 좀 필요할 것 같아서 건의를……."

'돈돈'은 낙원상가 2층에 있는 삼겹살 구이 전문점이다.

돈돈에서 제일 좋은 자리는 홀의 가장 안쪽에서 다시 기역 자로 꺾어 들어간 구석에 자리한 테이블이다. 별도의 룸이 없는 돈돈에서 그 자리만이 다른 자리와 완전히 격리가 됨으로써 분위기가 룸이나 마찬가지이기 때문이다. 그래서 돈돈을 자주 찾는 손님들 사이에서는 VIP 룸으로 통할 만큼 인기가 좋다. 손님들이 한산한 시간대에도 VIP 룸만큼은 거의 언제나 손님이 차지하고 있을 정도다.

오늘도 돈돈의 VIP 룸에는 역시나 손님들이 있었다. 바로 철민과 육 소장, 그리고 박 소장을 비롯한 사회문제연구소의 세 사람이다. 치하의 자리가 필요하겠다는 건의에 대해 철민의 승인이 떨어지자마자 육 소장은 곧바로 돈돈으로 전화를 했고, 돈돈에서는 두말없이 VIP 룸을 내주었다.

물론 VIP 룸은 이미 예약이 되어 있었을 것이다. 그러니 돈돈에서는 그 예약 손님에게 양해를 구해야 했을 것이고, 또 모르긴 해도 어느 정도의 서비스를 제공하기로 했을 것이다. 그러나 다른 사람도 아닌 육 소장의 급한 부탁(?)을 단호하게 거절할 사람은 아마 낙원상가에서 찾기 힘들 것이다.

육 소장이 생색을 낸다.

"자자! 일단 배부터 채웁시다. 아 참! 오늘 고기는 이 집에서 제일 좋은 것으로 무제한으로 공급하라고 우리 대표님께서 미리 말씀해 두셨으니까, 맘껏, 맘껏 드시기 바랍니다!"

"이야~!"

짝짝짝!

박 소장이 감탄성에 이어 박수를 치자 모두가 덩달아 박수를 친다.

철민은 괜히 겸연쩍었다. 돈돈에서 제일 좋은 고기는 1인분에 7천 원짜리 생삼겹살이다. 그를 포함해서 모두 다섯 사람이 양껏 먹는다고 해봐야, 과연 얼마나 먹을 수 있을까? 한 20인분? 넉넉잡고 30인분이라고 치면… 21만 원! 거기에다 소주는 10병? 넉넉잡고 20병이라고 치면… 6만 원. 다해서 27만 원이다. 물론 적은 돈은 아니지만, 그에게는, 이처럼 열렬한 환호와 박수를 받기에는 겸연쩍은 액수였다.

"아이고! 이게 도대체 몇 년 만의 회식인지 모르겠네? 대표님! 덕분에 정말 고맙게 잘 먹겠습니다!"

입안에 욱여넣은 쌈을 제대로 씹지도 않은 채 박 소장이 넉살 섞인 감사의 '멘트'를 날린다.

육 소장은 슬쩍 탄탄가이의 옆으로 자리를 옮겨 앉는다. 그러고는 연신 소주를 권하고 잘 구워진 삼겹살을 집어 직접 입에까지 넣어주는 둥, 예뻐 죽겠다는 듯 탄탄가이에게서 시선을 떼지 못한다.

탄탄가이는 넙죽넙죽 잘 받아먹는다. 튼실한 체구만큼이나 먹성도 좋은 것이리라.

그래도 가장 신이 나 보이는 건 박 소장이다. 그 역시도 먹성이 좋아 보인다. 어쩌나 열심히 먹어대는지, 탄탄가이의 먹성이 오히려 무색할 정도다. 고기도 잘 먹고, 소주도 잘 마시고, 거기다 어김없이 발휘되고 있는 넉살과 둘째가라면 서운해할 유창한(?) 언변으로 박 소장은 좌중의 분위기가 익어갈수록 점점 자리의 주인공이 되어가고 있는 것 같았다.

육 소장이 이따금씩 은근 슬쩍 눈총을 주지만, 박 소장을 주인공 자리에서 끌어내리지는 못한다.

철민은 핸섬가이에게 자꾸 눈길이 가고 있다. 새삼 미남에다 미끈하게 잘 빠진 체형이다. 그래서 그런지 하는 행동들마저 깔끔해 보인다. 말을 할 때나 웃을 때 입도 많이 벌리지 않는다. 술도, 고기도 많이 먹지를 않는다. 저렇게 먹으니 저런 체형이 되지 싶다.

한편으로 핸섬가이는 지금의 분위기에 상대적으로 소외된 듯했다.

혹은 그 스스로가 그저 회식에 참여하고 있다는 데만 의미를 두는 것처럼, 적당히 거리를 두고 있는 듯 보인다.

사실 '소외'라는 측면에서 철민도 크게 다르지 않다. 처음에 잠깐 '물주'로서의 대우를 받았을 뿐, 이후로는 그 역시도 그저 회식에 참여만 하고 있는 처지가 되었으니 말이다.

"자자! 여러분~!"

박 소장이 좌중의 주목을 끌어내고 있다.

"제가 우리 강 연구원에 대해 간략하게 소개를 드리자면……."

'강 연구원'은 탄탄가이를 말하는 모양이다. 무슨 얘기 끝이었던지 탄탄가이가 화제의 중심이 된 듯했다. 하긴 누가 뭐래도 탄탄가이야말로 오늘의 주인공이다.

박 소장의 소개가 제법 장황하다. 그러나 그중에서도 단연 좌중의 관심을 끈 것은 탄탄가이가 뜻밖에도 철학을 전공한 석사 출신이라는 사실이다.

"석사라고? 그것도 철학을 전공했어? 허허! 그런데 어떻게 전기를 그렇게 잘 다룰 수가 있나?"

육 소장이 놀람에다 감탄까지를 여과 없이 드러내며 물었다.

탄탄가이가 쑥스럽게 설명한다. 한때 전기공사 현장에서 아르바이트를 해본 경험이 있는데, 그때 어깨너머로 조금 배웠다고!

"오늘 보니 조금 배운 정도가 아니던데? 그렇지 않아? 그게 조금 배운 정도면, 명색이 전기 기사라던 낮의 그 친구는 뭐라고 해야 하나? 내가 보기에 자네야말로 진짜 전문가야! 내가 할 수만 있다면, 전기 박사 학위를 주고 싶다니까?"

육 소장은 아주 예찬을 한다. 그러고는 짐짓 아쉬움을 내비친다.

"아깝네, 아까워! 자네 같은 사람은 우리 관리 사무소가 진짜로 딱인데 말이야!"

철민이 듣기에 육 소장의 그 얘기는 아무래도 너무 많이 나간 것 같다. 평소의 육 소장답지 않은 '오바'다. 역시 술기운이 좀 얼큰해진 탓이리라. 물론 그 정도 '오바'쯤이야 문제가 될 건 없지만!

그런데 얼큰해지긴 박 소장도 마찬가지인 모양이다. 사실 박 소장이야말로 오늘 주당의 모습을 여실히 보여 주고 있다. 말할 때 말고는 쉴 틈도 없이 술잔을 비우고, 돌리고, 받는 중이었다.

"소장님! 그 말씀, 정말이십니까?"

박 소장의 그 말에 육 소장이 짐짓 크게 고개를 끄덕여 보이며 받는다.

"그럼, 정말이지. 정말 탐난다니까?"

"뭐, 소장님께서 그렇게 원하신다면야… 좋습니다. 까짓거 그렇게 하십시오!"

두 사람이 아주 죽이 잘 맞아 '오바'를 주고받는다.

"어? 박 소장! 그 말 진짜지? 진짜 우리 관리 사무소로 데리고 온다?"

"소장님! 제가요! 별 볼 일이 없기는 해도요. 그렇다고 술 몇 잔에 허튼소리나 하는 사람은 절대 아닙니다!"

박 소장이 제 가슴까지 치는 시늉으로 제법 호기를 부린다. 그러나 그는 이내 급한 감정의 기복이라도 생겼는지 축 처진 모습이었다.

"사실은… 말입니다. 소장님! 저희가 지금 좀 어렵습니다. 아니, 많이 어렵습니다. 그나마 가뭄에 콩 나듯이 의뢰가 들어오던 연구 용역도 아예 끊겨서, 종일 책상만 지키고 있는 처집니다. 그런 와중에 소장님께서 군입 하나를 덜어 주신다니, 저야 그저 감지덕지할 따름이지요. 더불어 저 친구한테도 더없이 좋은 일이지요. 관리 사무소에서 일하면 월급은 제때 꼬박꼬박 나올 것 아닙니까? 요즘처럼 취직하기 어려운 시기에, 그게 어디냔 말입니다."

육 소장은 설핏 당황한 기색이다. 박 소장의 말이, 술김에 죽이 맞아서 가볍게 주고받는 '오바'치고는 너무 무겁지 않은가?

그런데 박 소장은 작정을 한 것 같다. 일전에 이미 한번 철민에게 호소한 바 있는 레퍼토리가 재탕되고 있다. 사무실의 운영이 어렵다. 직원들 월급 못 챙겨 준 지 벌써 일 년이 다 되어간다. 이제는 소소한 사무실 운영 비용을 충당할 길조차 막막하다는 등등의 레퍼토리 말이다.

육 소장의 얼굴이 이윽고는 슬며시 굳고 만다. 이건 웃자고 한마디 꺼냈더니, 죽자고 달려드는 격이 아닌가?

"그래도 대표님께서 저희 사무실 임대료를 면제해 주신 덕분에 당장의 숨통은 좀 트였지만……."

박 소장이 불쑥 뱉은 그 소리에 대해, 육 소장의 시선이 철민에게로 와서 꽂힌다. 나무라는 빛이 확연하다.

'이거 참!'

철민은 사뭇 남감해졌다. 당장에 해명하고 싶다. 그게 아니라고! 면제가 아니고, 다만 당분간 월세를 미뤄주기로 한 것뿐이라고! 형편이 풀리는 대로 일순위로 갚기로 했다고!

그러나 지금의 분위기에서 그런 해명은 구차스럽지 않겠는가? 그리고 저런 걸 다 떠나서, 그가 왜 그런 해명을 해야 하는가. 설령 면제를 해주었대서 그가 왜 육 소장의 나무람을 받아야 하는가.

'제기랄!'

"이런 자리에서 이런 말씀을 드려 정말 염치없고 죄송하지만, 제가요… 더 이상은 버티지 못할 것 같습니다. 그런데… 말입니다. 저야 당연히 모든 것을 당연히 감수해야 하는 것이지만, 우리 직원들이야 무슨 죄가 있겠습니까?"

박 소장의 주절거림이 계속되고 있다. 많이 취한 모습이다.

핸섬가이가 슬며시 자리를 옮겨 박 소장의 옆으로 앉으며 고정하시라고 만류를 한다. 그러나 박 소장을 말릴 수는 없다.

박 소장이 핸섬가이의 어깨를 감싸 안으며 다시 주절거린다.

"이 친구들이 말입니다. 정말로 괜찮은 친구들입니다. 그리고 오늘도 보셨지만, 여러 방면으로 재주가 많은 친구들입니다. 어쩌다 사회의 시작을 저같이 모자란 사람하고 함께하는 바람에, 허송세월만 하다가 오늘날 이런 험한 지경까지 몰리고 말았지만, 하아~! 진작 다른 곳으로 방향을 틀었더라면, 지금쯤은 어느 분야에서든 인정받는 사람들이 되었을 겁니다. 그건 제가 확실히 장담합니다."

그러더니 박 소장은 갑자기 철민의 옆자리로 온다. 그러고는 덥석 철민의 손을 부여잡는다.

"대표님! 이 친구들의 사정이 정말 딱합니다. 이제는 취업

적령기도 지나버려서, 어디 마땅히 밥벌이할 곳을 찾기도 어렵습니다. 대표님! 정말 염치없지만⋯ 정말 어려운 부탁인 줄은 알지만, 대표님께서 이 친구들을 좀 거두어 주십시오! 진심으로 간절하게 부탁드리겠습니다!"

이젠 숫제 사정이다.

철민은 당황스러웠다. 이걸 술주정이라고 해야 하나, 아니면 정말 진심으로 간절하게 하는 호소로 받아들여야 하나. 혼란스럽기까지 했다.

"소장님! 많이 취하셨습니다! 그만 일어나시죠!"

탄탄가이가 박 소장의 몸을 부축해 일으킨다.

"죄송합니다. 저희 소장님이 오늘 많이 취하신 것 같아서, 이만 모시고 가봐야겠습니다."

핸섬가이는 철민에게 양해를 구한다.

철민으로서는 반가운 말이었다.

"예! 그러는 게 좋겠네요!"

그러나 박 소장이 부축하고 있는 탄탄가이를 밀어낸다.

"아닙니다. 대표님! 아직 드릴 말씀이 남았습니다! 제 말씀을 조금만 더 들어주십시오!"

탄탄가이가 얼른 박 소장을 붙잡는다.

"소장님! 오늘은 그만하시고, 못다 하신 말씀은 내일 다시 하시죠!"

"아니야! 아니야! 말이란 게 다 때가 있는 거야! 내일은 안 돼! 지금, 지금 해야 돼!"

"아이고, 우리 소장님! 진짜 많이 취하셨네!"

탄탄가이가 짐짓 넉살을 부리며 박 소장을 안듯이 하고 데리고 나간다. 박 소장의 덩치가 작은 편은 아니지만, 탄탄가이의 힘에는 하릴없이 끌려 나갈 수밖에 없었다.

그러나 박 소장은 그런 와중에도 기를 쓰며 소리쳤다.

"대표님! 화장실을 좀 다녀오겠습니다! 제가 올 때까지 계셔야 합니다! 먼저 가시면 안 됩니다!"

철민은 다른 사람들의 눈 때문에라도 마지못해 대답을 해준다.

"예, 알았습니다."

"정말입니다? 거짓말이면 저 진짜 대표님께 실망합니다?"

참 집요하다. 짜증스럽도록! 그러나 술 취한 사람의 고집을 누가 이길 수 있으랴? 철민은 다시 고개를 끄덕였다.

"알았으니까, 염려 마시고 다녀오세요!"

그제야 박 소장이 안심했다는 듯이 양옆에 선 두 가이와 어깨동무를 했다.

"자! 가자! 동지들! 우리는 살아도 같이 살고, 죽어도 같이 죽고, 화장실도 같이 간다! 그렇지 않은가, 동지들?"

그리 외치는 박 소장의 목소리가 사뭇 호기롭다.

"그만 일어나시죠!"

육 소장이 그만 가자고 한다. 박 소장은 직원들이 알아서 챙길 거라며.

철민도 그럴 것 같았다. 그러나 그는 육 소장을 슬쩍 붙잡았다.

"둘이 남았는데, 저하고 한잔만 더 하시죠!"

철민은 잠시만 더 기다려 줄 작정이었다. 박 소장을 말이다. 오지 않을 거라는 건 알지만, 억지로 한 것이긴 해도 기다리겠다고 한 말이 조금 마음에 걸려서다. 공연한 생각인 줄은 안다. 그러나 약간이라도 찜찜한 마음을, 그것도 큰 수고 필요 없이 조금만 더 앉아 있다 가는 것으로 털어버릴 수 있는 찜찜함을 굳이 남길 필요는 없으리라는 생각이다.

"제일 고생하시고 수고하신 분은 소장님이신데, 제가 술 한잔 따라 드려야죠!"

그 말에 육 소장의 얼굴이 확 폈다.

"저야 뭐, 당연히 해야 할 직분인데요."

육 소장이 단숨에 잔을 비우고는 철민에게 돌려준다.

"저도 대표님께 한잔 드리겠습니다."

"아, 예! 감사합니다!"

철민 역시 잔을 받아 한 번에 쭉 비워낸다. 그리고 그것으로 '찜찜함'을 다 털어냈다.

이윽고 철민과 육 소장이 자리를 털고 일어서려 할 때였다.

"우리 대표님 안 가셨지요?"

입구에서 들리는 소리, 박 소장이었다.

육 소장이 재빨리 철민의 곁으로 다가앉는다. 그리고 철민의 귀에다 대고 빠르게 속닥인다. 박 소장의 허튼소리는 아예 귀담아듣지 말라는 요지다.

철민의 생각도 육 소장이 염려하는 바와 그리 다르지 않다. 박 소장의 사정이 딱하긴 하다. 그러나 그런 사정이야 어디까지나 벌여 놓은 주체가 알아서 책임져야 하는 것이지, 그가 굳이 상관할 바는 아닌 것이다. 아무리 오지랖이 넓어도 정도가 있는 것이었다. 더욱이 코딱지만 한 관리 사무소에 직원을 더 충원할 까닭도 없는 것이다. 그것도 둘씩이나 말이다.

박 소장은 찬물로 세수라도 하고 온 모양이다. 취기가 한결 가신 모습이다.

"아까 말씀드린 것 말입니다. 나중에 다시 꺼내기는 어려울 것 같아서……. 대표님! 염치 불구하고 간청드립니다! 그 친구들! 대표님께서 좀 맡아주십시오! 성실하고 능력 있는 친구들입니다. 곁에 두시면 분명 도움이 되실 겁니다. 꼭 좀 부탁드리겠습니다, 대표님!"

박 소장이 철민을 향해 고개를 숙인다.

"이러지 마십시오! 박 소장님!"

철민은 당황스러워하며 박 소장의 인사를 피한다. 그리고 최대한 완곡하게 거절의 말을 꺼낸다.

"너무 갑작스러운 말씀이라 당황스럽네요. 그렇지만 아시다시피 저희 관리 사무소가 지금 이상의 인원을 필요로 하지는 않아서… 그건 아무래도……."

그때였다.

"이보시오, 박 소장!"

육 소장이다. 참다못해 나선다는 기색이다.

"박 소장의 사정은 딱하지만, 그렇다고 그런 무리한 부탁을 하는 건 아니지! 솔직히 우리 대표님도 지금 적자를 봐 가면서 겨우겨우 상가를 유지해 가고 있는 형편인데, 거기다 대고 필요도 없는 직원을 둘씩이나 더 두라고 하면, 이건 아예 망하라고 하는 소리나 마찬가지 아니겠어?"

이어 그는 박 소장이 뭐라 말할 여지를 주지 않겠다는 듯 곧바로 철민을 향해 못을 박는다.

"대표님! 안 됩니다! 이건 절대로 안 되는 일입니다!"

철민은 내심 안도의 한숨을 내쉰다. 역시 육 소장이다. 자신을 위해, 상가를 위해 기꺼이 악역을 자처한 것이다.

그러나 다음 순간, 철민은 문득 구차하다는 생각이 든다. 그 스스로의 처신에 대해서다. 기껏 관리 사무소의 직원 두 명쯤을 늘리는 게, 그래서 상가의 적자 규모가 조금 더 커지는 게 무슨 문제가 된단 말인가? 그가 가진 재산이 도대체 얼마인데.

더욱이 기왕에 인연을 맺은 사람들이다. 또한 젊은 청년들이 지금 제때 월급도 받지 못하는 딱한 처지에 처해 있다 하지 않는가? '노블레스 오블리주'를 들먹일 것까지는 없더라도, 지금 그가 가진 재산이라면 그래도 몇십억, 아니 몇백억쯤은 불우 이웃이나 사회 발전을 위해 기부라도 좀 하고 살아야 하는 것 아닌가?

그런데 그러지는 못할망정, 기분 좋을 때는 식구니 어쩌니 하고 혼자서 있는 대로 감정을 잡아 놓고선 이제 그들이 어려운 사정에 처했다니까, 더욱이 공짜로 돈을 달라는 것도 아니고 관리 사무소의 직원으로 채용 좀 해달라고 부탁하는 것인데 당장 인원이 더 필요하지는 않다는 이유 같지도 않은 이유로 매정하게 등을 돌리려고 하는가? 에라~ 이! 좀생아!

"정말로 연구소를 정리하실 생각이라면… 직원들은 그렇다 치고, 소장님은 또 어떻게 하시려고……?"

철민의 말에 박 소장의 얼굴이 밝아졌다.

"감사합니다! 대표님! 정말 감사합니다!"

박 소장은 철민이 자신의 부탁을 수락한 것으로 확정해 버리려는 의도 같았다.

육 소장이 펄쩍 뛴다.

"아니, 박 소장! 지금 뭔 소리야? 대표님! 안 됩니다! 절대로 안 된다니까요?"

그리고 육 소장은 다시 박 소장을 향해 아예 팔을 걷어붙인다.

"에이, 이 양반아! 우리 대표님이 아직 젊고 마음 약하다고 그러는 거 아녀! 그래도 나이깨나 먹었다는 사람이 그러면 안 되는 거여!"

박 소장이 얼른 육 소장의 팔을 부여잡고 매달린다.

"아이고 소장님! 오해십니다! 저 진심입니다. 좀 도와주십시오! 저야 어떻게 되도 괜찮습니다만, 앞날이 9만 리 같은 젊은 친구들은 어떻게 좀 살게 해줘야 하지 않겠습니까?"

"이 사람이 왜 이래?"

육 소장은 매달리는 박 소장을 뿌리친다.

철민은 더는 두고 보지 못하겠는지 두 사람을 진정시켰다.

"두 분! 그만하시죠! 이 문제는 제가 알아서 결정하도록 하겠습니다!"

그 말에 박 소장이 얼른 육 소장에게서 떨어져 앉으며 기대에 찬 눈으로 철민을 주시한다.

육 소장은 가만히 한숨을 내쉰다. 크게 못마땅하고 염려가 되지만, 어쨌든 철민이 알아서 결정하겠다고 한 이상, 그로서는 더 이상 왈가왈부할 입장이 아니었다.

"그래, 박 소장님은 어떻게 하실 생각입니까?"

철민이 다시 물었고, 박 소장은,

"휴~!"

하고 길게 한숨부터 내쉰 후 말을 이었다.

"사실은 두어 달 전부터 일 좀 도와달라는 곳이 있는데, 저 혼자 살자고 몸을 뺄 수도 없어서 보류해 두고 있는 중이었습니다. 이제 대표님께서 두 친구를 맡아주시기로 했으니, 저도 가벼운 마음으로 거취를 정할 수 있게 됐습니다. 그리고… 휴우~ 이런 말씀까지 드리는 건, 정말 염치없고 주제넘는다는 걸 알지만…….."

박 소장이 말끝을 늘이며 짐짓 눈치를 본다.

철민은 가만히 기다려 준다.

"제가 두 친구에게 주던 월급이 150인데…….."

박 소장이 다시 말끝을 늘이며 눈치를 본다. 그에 철민은 담담하게 말했다.

"일단 그대로 드리겠습니다."

"그리고… 작년까지만 해도 명절과 여름휴가 때 약간의

보너스를 지급했었습니다."

육 소장은 아예 붉으락푸르락했다. 그러나 그는 길게 한숨을 내쉬는 것으로 겨우 화를 다스렸다. 철민 또한 절로 인상이 일그러지려는 걸 애써 참았다.

박 소장의 뻔뻔함이 점점 도를 넘는 것 같다. 조금쯤 후회가 되기도 한다. 역시 육 소장이 악역을 자처하고 나섰을 때, 모른 체하며 물러났어야 했다. 그러나 이제 와서 다시 '좀생이'로 돌아갈 수는 없는 노릇이었다.

"알겠습니다. 그 점도 긍정적으로 고려하겠습니다."

박 소장이 가만히 한숨을 내쉰다. 그제야 안도가 되는 듯했다. 이어 그가 깊숙이 고개를 숙인다.

"이처럼 배려해 주시다니, 정말 감사합니다! 대표님!"

철민은 육 소장에게 한 보따리의 잔소리를 들어야 했다.

'애초에 농담이라도 탄탄가이가 탐이 난다는 등의 실없는 말을 지껄인 내가 잘못이라고 하더라도, 어떻게 핸섬보이까지 덤으로 받겠다고 하실 수가 있느냐?'

'물론 처음부터 작정하고 덤터기를 씌운 박 소장 그 인간이야말로 정말로 나쁜 인간이다.'

'어쨌거나 이제 달리 필요도 없는 두 사람의 인건비가 '생'으로 나가게 생겼는데, 어떻게 감당하실 생각이냐? 안 그래

도 계속 적자를 보고 있는 마당인데, 고정적으로 나가는 인건비를 정말 무섭게 생각해야 한다.'

'어쭙잖은 소리인 줄은 알지만, 경영이라는 건 절대 인정에 좌우돼서는 안 되는 거다.'

'이 낙원상가에 여러 사람이 목을 매고 있다는 걸 생각해 주셔야만 한다. 만약 상가가 잘못되면 대표님도 크게 재산을 잃겠지만, 저도 직장을 잃게 되는 것이고, 청소하는 아주머니들도 당장 곤란해질 수가 있다.'

'어쨌든 이번 일은 대표님께서 이미 결정하셨고, 또 그 결정을 바꿀 의향이 없다고 하시니, 앞으로는 이 늙은이의 말도 좀 염두에 두어 주시면 감사하겠다.'

잔소리이니만큼 듣기에 영 불편했다. 그렇지만 역시 싫지는 않았다. 사고무친의 그에게 또 누가 있어서, 육 소장과 같은 진심과 성의를 보여주겠는가? 생각해 보면 참으로 눈물 나도록 감사한 일이었다.

사실은 철민이, 육 소장의 만류에도 불구하고, 또한 계산상의 분명한 손해를 감수하고서 선뜻 두 가이를 관리 사무소의 직원으로 받아들이기로 마음을 먹은 것도 그런 것 때문이었다. 사람이 고파서!

오로지 혼자였던 때에 비하면, 최근의 철민은 제법 많은 사람들과 새로이 교류를 맺고 있었다. 물론 그중 그가 인정

할 수 있는 정도의 '인정'을 나눈다고 할 수 있는 사람은 육
소장과 또 한 사람… 황유나뿐이다. 그 외의 다른 교류는
아직 피상적인 것 정도로만 느껴진다.

그래서 그는 여전히 사람이 고프다. 자꾸만 사람에 대한
허기가 느껴진다.

제9장

첫 직장

확장 개편

두 가이가 관리 사무소로 출근을 했다.

어쩐지 두 가이는 풀이 죽은 모습이다.

철민도 섭섭하기는 마찬가지다. 사람이 든 자리는 몰라도 난 자리는 안다더니, 매일같이 얼굴을 대하던 박 소장이 막상 보이지 않자, 이제야 그가 상가를 떠났다는 걸 실감하게 되었다.

육 소장은 한결같다. 그에게는 마치 어제가 없는 듯했다.

오로지 당장 오늘의 일과 내일의 계획만 있는 듯하다.

육 소장이 두 가이에 대해서는 필요 이상으로 깐깐하게 구는 듯하다. 두 가이에게 입사 서류를 제출하라고 한 것만 해도 그렇다. 보통 그렇듯이 '이사주' 정도면 충분할 텐데, 최종 학교 졸업 증명서에다 고교 생활기록부까지 제출하라고 한 것이다.

철민이 보기에도 그건 좀 지나치다 싶었다. 혹은 처음부터 반대했던 입장에서 육 소장에게 감정이 남았기 때문은 아닌가 하는 생각까지 들기도 했다.

"고교 생활기록부까지 볼 필요 있겠습니까?"

철민이 슬쩍 참견을 했다.

"사람의 인성을 파악하는 데는 대학 졸업장이니 성적이니 하는 것들보다는, 고등학교 생활기록부가 훨씬 더 정확합니다. 그런 이유 때문에 일부 은행이나 금융권에서는 지금도 여전히 고교 생활기록부를 요구하고 있는 걸로 알고 있습니다."

육 소장은 사뭇 단호하다.

그런 데다 대고 철민이 다시 "정말입니까? 도대체 어느 은행에서 아직까지 그런 걸 요구한답니까?" 하는 식으로 따져 물을 수도 없는 노릇이다.

그리고 다시금 이어지고 있는 한바탕의 훈시(?)는 철민에게 더욱이 여지를 주지 않는다.

"무릇 사람을 쓸 때는, 처음이 제일로 중요한 겁니다. 그리고 능력 있는 사람보다는, 믿을 수 있는 사람이 더 중요한 법이지요. 그래서 꼼꼼히 요구하는 겁니다. 물론 그까짓 서류 몇 장으로 사람의 인성을 완벽히 평가한다는 건 불가능한 일이겠지만, 그래도 검증할 수 있는 데까지는 최대한 해보아야 하는 것 아니겠습니까?"

육 소장의 깐깐한 요구 덕분에, 철민은 탄탄가이와 핸섬가이에 대해 모르고 있던 것을 많이 알게 되었다. 합법적이고 신뢰성 높은 자료를 통해서 말이다.

강혁수!

한상운!

이력서에 기재된 탄탄가이와 핸섬가이의 이름이다.

그 이름들로 인해 철민은 자신이 임시로 지어 한동안 애용해 왔던, 그래서 이제는 약간 정마저 들어버린 별명들을 더 이상은 쓸 이유가 없게 되었다.

두 사람의 스펙은 새삼 놀랍다.

탄탄가이, 강혁수가 철학을 전공한 석사 출신이라는 말은 지난번에 들은 바 있지만, 이력서에 기재된 그는 실로 대단한 학벌의 소유자였다.

그야말로 대한민국 최고의 대학과 대학원을 졸업! 그리고
또 뜻밖인 것은 전공이 철학이라기에 플라톤과 소크라테
스, 그리고 니체와 칸트 정도를 어쭙잖게 상기해 보았더니,
세부 전공이 서양 철학이 아닌 동양 철학이란다.

'그럼 공자 왈, 맹자 왈 하는 그런 쪽인가?'

퍼뜩 쓸데없는 생각이 스치고 지나간다.

핸섬가이, 한상운 또한 대단하다. 그 역시도 강혁수와 같
은 대학 즉, 대한민국 최고의 대학 출신이다. 전공은 경영
학!

'대한민국 최고학부 출신들을 이렇게 흔히 볼 수 있는 걸
까? 이거 혹시 대충 막 적어낸 거 아냐?'

심지어 철민은 그런 의심까지 해보았다.

그러나 떡하니 졸업 증명서와 성적 증명서까지 제출된 마
당이다. 그것들까지 믿지 못하겠다고 하면, 의심은 한도 끝
도 없을 것이다. 그리고 낙원상가 관리 사무소가 뭐 그리
대단한 곳이라고, 그런 '더 대단한' 허위에다 위조까지 범하
겠는가 말이다.

어쨌거나 철민은 새삼 육 소장의 선견지명을 예찬하게 되
었다.

만약 육 소장이 증명서들을 제출하라고 깐깐함을 부리
지 않았으면, 철민으로서는 결과적으로 아쉬울 뻔했으니

말이다.

사실, 철민은 강혁수와 한상운의 가히 눈부신 스펙에 대해 조금쯤(?) 주눅이 들긴 했다.

취업 준비생이던 시절, 그런 눈부신 스펙의 소유자들은 그에게 '오르지 못할 나무'였으니 말이다.

그렇더라도 그는 '니들이 암만 그래도 이제부턴 내 밑이야!' 하는 따위의 유치한 자기만족을 위한 말을 할 생각은 조금도 없었다.

한편으로 철민은 안타까웠다. 그런 눈부신 스펙의 소유자인 그들이, 겨우 일개 변두리 상가 관리 사무소의 직원밖에 될 수 없다는 게!

진심이었다.

겨우 직원 두 명 늘었을 뿐인데, 관리 사무소의 분위기는 한결 중량감이 느껴진다.

하긴 기존의 두 명에서 네 명으로 늘었으니, 200퍼센트다. 그렇게 놓고 보면 확 늘었다.

육 소장은 관리 사무소의 새로운 조직 체계를 구축해야 할 필요성을 역설했다. 그가 특히 강조하는 것은 역시나 조직의 질서와 기강이다.

"소장님께 맡기겠습니다!"

철민으로서는 가장 편한 방법이었다. 그가 잘 모르거나 성가신 일을 처리하는 최선의 방법은, 그 일에 대해 잘 알거나, 더하여 즐겁게 그 일을 할 수 있는 사람에게 맡기는 것이다.

육 소장은 우선 강혁수와 한상운에게 직급을 부여했다.

기사(技師)! 관리 사무소에 새로이 생긴 직급이다.

그런데 철민이 곧바로 "강 기사!" "한 기사!" 하고 부르기엔 아무래도 어색했다. 둘이 동갑으로 서른둘이기 때문이다.

"강 기사님!"

철민이 강혁수에 대해 우선 그렇게 호칭을 써보았다.

육 소장이 당장 날선 브레이크를 건다.

"대표님! 기사님이 뭡니까? 대표님이 그렇게 부르시면 그 밑에 있는 저는 또 뭐라고 불러야 합니까? 아무리 작아도 여긴 어디까지나 직장입니다. 조직이라는 겁니다. 조직이 건강하게 유지되려면, 우선적으로 필요한 게 바로 기강입니다! 그리고 기강은 조직원들 각자의 위상과 위치를 분명히 하는 것으로부터 출발하는 겁니다!"

육 소장의 일장 훈시에 철민은 이제 어느 정도 그러려니 하는 경지에 도달해 있었다. 그러나 두 '기사님'은 크게 당황하고 곤혹스러워하는 눈치였다.

육 소장의 훈시가 끝나자마자 둘은 영 어렵고 곤란하다
는 시늉으로 철민에게 그냥 기사로 불러달라며, 나아가 이
제부터는 말씀도 낮추어 주십사 한다.

철민은 마지못해 앞으로는 "강 기사!" "한 기사!"로 부르
기로 했다. 그러나 말을 낮추는 것은 도저히 불편해서 싫다
는 의사를 분명히 해두었다.

조직력 강화 훈련

"대표님! 오늘은 다 함께 목욕 한번 하시죠!"

육 소장의 갑작스러운 제안이다.

철민은 뜨악해지고 말았다. 조금 있으면 4시다. 그가 퇴
근하는 시간인 줄 뻔히 알면서 이 무슨 느닷없는 횡포란 말
인가? 더욱이 그는 원래 목욕을 즐기지도 않는다. 아랫도리
에 2차 성징이 나타난 이후 한 번도 공중목욕탕을 가본 일
이 없다. 그냥 집에서 샤워를 하는 걸로도 충분히 만족스럽
다.

거기에다 또 단체 목욕이라니? 말투도 그렇다. '함께 가겠
느냐?'고 의견을 물어보는 것도 아니고, 일방적으로 '함께 갑
시다!'라니? 충분히 횡포라고 여길 만했다.

"남자들 친해지는 데는 목욕만 한 것이 없다지 않습니까?

오늘 제대로 한번 조직력 강화 훈련을 해보자는 취지입니다!"

'웬만하면 저 빼고 하시면 안 될까요? 선약이 있어서요!'

철민은 그렇게 빼보려고 했다. 그러나 육 소장은 틈을 주지 않고 곧장 말을 이었다.

"그리고 단체로 때 빼고 광낸 김에 강 기사와 한 기사의 환영 회식도 같이하려고 합니다. 진작 했어야 하는 건데…… . 어이, 강 기사! 한 기사! 기대들 하라고! 우리 대표님께서 오늘 아주 화끈하게 환영식을 열어 주실 테니까!"

이쯤 되면 완벽한 일방통행이다. 철민이 뭐라고 토를 달여지도 없다.

'제기랄!'

불쑥 반발이 생긴다.

'목욕탕? 갑니다! 같이 가면 될 거 아닙니까? 제가 뭐, 달릴 게 안 달린 것도 아니고, 남들 하나씩 달린 게 저한테만 두 개가 달린 것도 아니거든요?'

선녀탕! 낙원상가에서 한 블록쯤 떨어진 곳에 있는, 규모가 그다지 크지 않은 그냥 딱 동네 목욕탕이었다. 그래서 오히려 정겨운 느낌이 든다.

'제기랄!'

철민은 탈의실에서부터 영 껄끄러웠다. 배정받은 옷장이 육 소장의 바로 옆 칸이다.

함께 옷을 벗는데, 육 소장의 알몸을 본 순간 괜히 위축이 되고 만 것이다. 물론 육 소장이나 그나, '달릴 것 달리고, 하나씩 달린 것'은 맞다.

다만 육 소장의 건장한 알몸이라니……! 60 넘긴 노인의 몸이 저래도 되는가 싶을 정도였다. 젊은 놈 기죽이는 것도 아니고 말이다.

철민은 뭉그적거리며 육 소장이 먼저 탕 안으로 들어가기를 기다렸다가, 다시 조금의 시차를 두고 그제야 욕탕 안으로 들어선다.

그리고 입구 가까운 곳의 샤워기를 틀고 몸을 씻으려는데 그 순간,

'제기랄!'

또 그 소리가 입 밖으로 뱉어지려는 걸 겨우 되삼켰다. 옆에서 몸을 씻고 있던 사람 둘이 고개를 숙여 보이는데, 바로 강혁수와 한상운이었다.

그런데 하나같이 왜들 그러는지? 왜 다들 그를 초라하게 만드는지!

강혁수의 몸이 탄탄하다는 것까지는 그러려니 할 수 있다. 사실은 그가 예상했던 것보다 훨씬 더 탄탄하여 숫제

압도당하는 느낌이었지만!

그러나 한상운은……! 한상운만큼은 그래서는 안 되는 것이 아닌가? 호리호리하고 날씬한 그 몸매라면! 범생이에다 엄친아의 그 이미지라면! 곱상하게 잘생긴 그 얼굴이라면! 벗은 몸만큼은 그냥 보통이든가, 오히려 보통보다 못해야 하는 것 아닌가.

우월한 인자들을 이미 너무 많이 가졌으니 균형을 맞추기 위해서라도, 몸이라도 좀 가난해 보여야 하는 것 아닌가.

그런데 전신 곳곳에 촘촘히 박혀 있는 근육들이라니! 게다가 잔 근육이다. 조그만 움직임에도 조각처럼 꿈틀거리는 미세 근육들의 향연이라니! 벗겨 놓지 않았다면 믿지 못할 몸이었다.

어느 광고에선가 '남자의 몸도 아름다울 수 있다!'고 하기에 헛소리쯤으로 치부했는데, 철민은 지금 남자의 몸을 보고 아름답다는 생각을 하고 있었다.

'얼른 피하고만 싶다. 이 우월한 몸들로부터! 가능한 한 멀리!'

철민은 지금처럼 자신의 몸이 초라하고 볼품없게 느껴지기는 처음이었다.

"이여~! 몸들 좋은데? 운동 좀 했나 봐?"

바로 건너편에 있던 육 소장이 이쪽으로 다가온다.

샤워도 제대로 하지 못하고 대강 몸에 물만 적셨을 뿐이지만, 철민은 쫓기듯 곧장 온탕으로 간다. 그리고 던지듯이 물속으로 몸을 밀어 넣는다.

'엇, 뜨거워라~!'

철민은 화들짝 놀라고 만다. 온탕의 물은 살을 익힐 듯이 뜨겁다. 그러나 그는 이를 악문다. 그리고 더욱 깊숙이 몸을 밀어 넣는다.

철민이 겨우 뜨거움을 견딜 만해졌을 즈음, 강혁수와 한상운이 온탕으로 왔다.

우월한 신체들을 바라보는 철민은 새삼 마음이 불편하기만 하다. 그런데 그들은 온탕 안으로 들어오지는 않고 바깥에 선다.

"소장님은 사우나실로 가셨습니다. 거기가 좋다고 대표님도 모시고 오라 하셨습니다!"

한상운의 말이다.

"아… 전 그냥 여기가 좋습니다. 다녀들 오세요!"

철민은 얼른 대답했다. 그냥 보는 것만으로도 기가 죽는 마당에 좁은 사우나실에 다 함께 들어가자니, 누구를 아예 쪼그라뜨릴 셈인가?

"알겠습니다. 그럼……!"

두 사람이 건너편 구석의 사우나실로 들어가는 것을 보고 나서야 철민은 온탕에서 나온다. 안 그래도 답답한 것을 억지로 참고 있던 중이었다. 그는 곧장 냉탕으로 간다. 그러나 슬쩍 한 쪽 발을 담그는 순간,

"엇, 차가워라!"

저도 모르게 그리 뱉으며 얼른 다리를 빼고 만다. 잠깐이었을 뿐인데 시린 냉기가 뼛속까지 스며드는 듯하다.

철민은 이제 그만 밖으로 나가고 싶었다. 그러나 '남자들끼리 친해지기' 위해 온 것이고, 더욱이 '조직력 강화 훈련'이라는 거창한 취지까지 내 건 판국에, 그 혼자서 먼저 나가는 것은 모양새가 우스웠다. 또 기왕 목욕탕에 온 것이니, 최소한의 본전은 뽑아야 하지 않겠나, 하는 생각이 들기도 했다.

철민은 샤워기 쪽으로 가서 몸에 비누칠을 하고, 머리도 감았다.

그런데 그가 '최소한의 본전'을 뽑았는데도 우월한 신체들은 사우나실에서 통 나올 기미를 보이지 않는다. 아주 푹지지고 나올 참인가?

어쨌든 기다릴 수밖에 없었다. 볼품없는 몸을 자랑할 것도 아니고, 멀뚱히 서 있기도 그래서 그는 다시 온탕에 들어가기로 한다.

오늘따라 손님이 많지 않은지 온탕은 여전히 비어 있다.

철민은 냉수를 틀어 탕의 온도를 적당히 낮춘 다음 물속으로 몸을 밀어 넣는다. 편안하다. 그는 코밑까지 물이 찰랑거리도록 몸을 푹 담근 채 지그시 눈을 감고 온수가 주는 편안함을 즐겼다.

그렇게 얼마나 지났을까? 갑자기 탕 속의 물이 크게 출렁거렸고, 그 바람에 철민의 코로 물이 확 밀려들었다.

"어푸~!"

철민은 화들짝 놀라고는 겨우 몸을 세워 앉았다.

'누가야? 누가 이렇게 무식한 짓을 하는 거야?'

새로 탕에 들어온 사람이 절로 째려진다. 그러나 철민은 곧바로 눈에 힘을 풀어야 했다.

40대 정도로 보이는 그 남자는, 한마디로 거구다. 팔은 철민의 다리만 하고, 허벅지는 철민의 허리만큼이나 굵다. 그리고 웬만한 글래머보다 더 푸짐해 보이는 가슴과 작은 동산만 하게 부른 배는 마치 무제한급의 씨름 선수를 떠오르게 했다.

그런 '떡대'가 들어왔으니, 그것도 곱게도 아니고 '철푸덕!' 앉았으니 탕의 물이 거세게 파도를 일으키는 것은 당연했다.

철민을 아예 얼어붙게 만드는 게 또 하나 있었다. 떡대의 배꼽 아래에서부터 목 바로 아래까지 가득 채우고 있는 시퍼런 문신이다.

한 마리의 커다란 청룡이 떡대의 몸통을 휘감으며 용트림을 하고 있다.

철민은 떡대의 얼굴까지 확인할 용기는 감히 내보지 못하고 곱게 탕에서 나가기로 한다.

그런데 그가 다소곳이 몸을 일으켜 막 한 발을 탕 밖으로 뺐을 때,

"어이, 거기!"

굵직한 목소리가 들려왔다. 그에 철민은 반사적이다시피,

"예?"

하며 돌아본다. 떡대다. 떡대는 예상했던 것만큼이나 인상이 험악했다. 보는 사람의 기를 대번에 죽여 놓기에 충분할 정도로!

"거기, 뜨거운 물 좀 틀지?"

떡대가 실실 웃으며 온수 밸브 쪽을 턱으로 가리킨다.

순간 철민은 갈등을 했다.

'초면에 부탁도 아니고, 명령을 해? 그것도 반말로?'

그러나 갈등은 아주 잠깐이었다. 철민은 곧바로 결론에 도달한다.

'특별히 어려운 일도 아닌데, 한번 해주고 말지, 뭐!'

좌아아~!

밸브를 돌리자 온수가 쏟아진다.

"그만~! 됐다!"

그 소리에 철민이 밸브를 잠그고 얼른 온탕을 벗어날 때였다.

"어, 잠깐! 이거 덜 뜨겁다. 거 뜨거운 물 좀만 더 틀어 봐라!"

철민은 이번에야말로 속에서 울컥하고 치밀어 올랐다. 아무리 떡대에다, 용 문신에다, 험악한 인상일지라도 "직접 온도를 맞추시는 게 좋겠습니다!"라는 말 정도는 해야겠다는 마음이 생긴다. 그런데 그때였다.

"왜, 싫어?"

그 말에 철민은 대번에 각오가 사라지고 만다. 떡대의 목소리가 이미 시비조였기 때문이다.

"내 말이 떫으냐고……?"

떡대의 목소리는 곧장 분노를 증폭시키고 있다.

"아니, 저기… 잠깐만요!"

"뭐, 잠깐만요? 허! 이런 시벌 놈이 지금 누구한테 잠깐만이래?"

이윽고는 욕이 섞이더니, 그대로 폭발을 일으킨다.

"죽고 잡냐? 이 개구리 좆만 한 새끼야!"

순간 철민은 머릿속이 하얗게 변했다.

그의 어떤 점이 떡대를 이처럼 폭발하게 만들었는지도 잘 모르겠거니와, 더욱이 한마디 해명이나 변명을 할 여지조차 주지 않는 떡대의 거친 위압과 위협은, 한순간에 그를 궁지로 몰아가 버린다.

그러나 바로 다음 순간, 철민은 당황스러움과 두려움에서 설핏 한 발 비켜난다. 그것은 마치 '피할 데 없는 궁지'가 주는 절박감에 대한 반사적인 반발과도 같다.

'지금 이대로 비굴함을 선택한다면, 나는 앞으로도 오랫동안, 어쩌면 살아 있는 내내 오늘을 후회하며 살아야 할지도 모른다!'

그런 반발이다. 이어 억울해졌다.

'평생을 후회하며 살 바에야, 낙원상가의 주인이 무슨 소용이고, 수천억을 가진 부자가 또 무슨 소용인가?'

차라리 예전의 앞날이 막막한 취업 준비생이었다면, 그는 쉽게 비굴해지고 말 수도 있었다.

위기를 무사히 벗어나기 위해 얼마간 굽실거리는 것에 별다른 망설임이 없을 수도 있다. 그 시절의 그에게는 지켜야 할 쥐꼬리만 한 자존감도 없었으니 말이다.

그러나 지금은 아니다.

그는 엄청난 재산을 가진 거부다. 그런데도 최소한의 자존감조차 지켜 내지 못한다면, 그리하여 스스로를 비하하며 살아가야 한다면 그건 너무 억울했다.

철민은 천천히 시선을 들어 떡대를 마주 본다. 그리고 손가락을 하나씩 말아 쥔다. 새끼손가락부터 차례대로!

떡대가 피식 웃는다. 어이없다는 실소였다.

"허허! 이 새끼 좀 보소! 어이, 좆만이! 너 그러다 사람 치겠다?"

떡대가 물속에 온전히 담그고 있던 상체를 바로 세운다.

'한 방이다! 한 방! 한 방!'

철민은 주문처럼 외운다. 한 방을 날릴 수 있다는 자신감이 조금씩 차오른다.

다만 슬비는 아직 확신이 서지 않는다.

지난번 별남과 조철훈의 경우에서 슬비가 단순히 상상이 아닌 실제의 현상이라는 믿음을 가지게 되었지만, 그것이 과연 자신이 원하고 필요로 할 때마다 이루어질 것인가 하는 관점에서는, 여전히 기대보다는 불안감이 훨씬 더 컸다.

그러나 그는 지금 슬비에 연연하지 않았다.

슬비가 되지 않고, 그 결과 상대를 눕히지 못해도 상관없었다. 다만 한 방을 날렸다는 것 자체만으로도 그는 만족할 것이다. 나아가 그 대가로 터지고, 깨지고, 부러져서 개박살이 나더라도 그는 웃을 것이다.

자존심을 지킨 것이니까!

그리고 천천히 복수하리라! 아주 자근자근 죽여 주리라! 슬비나 완빤치가 아닌, 그의 또 다른 능력으로! 합법적인 능력으로! 그에게는 충분히 그렇게 하고도 남을 능력이 있다.

'완빤치다! 완빤치!'

주문은 저절로 그렇게 변해간다.

문득 놈의 관자놀이가 선명하게 드러났다. 놈의 관자놀이가 아주 천천히 움직이고 있다. 느리게 돌아가는 영상처럼! 익숙한 느낌이다. 슬비다.

"대표님! 무슨 일이십니까?"

그 목소리에 잔뜩 당겨진 활시위처럼 정점을 향해 치닫던 철민의 긴장감과 맹렬한 각오가 일시에 흐트러지고 만다. 슬비도 마찬가지다.

설핏 눈앞이 어찔하다. 아주 짧은 현기증이 지나간다. 뒤이어 찾아드는 무기력증도 없다.

강혁수다. 언제 왔는지 그가 철민에게로 걸어오고 있다.

떡대의 표정이 슬그머니 달라지고 있다. 강혁수의 탄탄한 신체에서 물씬 풍기는 강력함에 대한 경계일 것이다.

강혁수의 뒤쪽으로 한상운과 육 소장도 다가오는 중이다.

철민은 문득 쑥스럽다.

'저들은 어디서부터 본 걸까?'

철민의 그런 의문에 대해서는, 강혁수가 이어 보여주는 행동에서 어느 정도의 답을 찾을 수 있을 것 같다.

강혁수는 빙그레 웃으며 뜨거운 물이 나오는 밸브를 틀고 있다.

촤아~ 아!

뜨거운 물이 콸콸 쏟아져 나온다.

"어이, 지금 뭐 하는 거야?"

떡대가 곧바로 몸을 일으키려 한다.

그러나 강혁수가 성큼 다가서며 떡대의 어깨를 누른다, 지그시!

"이런… 씨벌 눔이? 지금 뭐 하는 짓이다냐?"

떡대가 거칠게 뱉으며 강혁수의 손을 떨친다.

그러나 강혁수의 손은 꿈쩍도 하지 않고, 오히려 더욱 완강하게 떡대의 어깨를 누른다.

"이~ 잇!"

떡대가 용을 쓴다. 그러나 그는 이내 버티지 못하고, 가슴 위까지 물속으로 잠기고 만다.

촤아~ 아!

뜨거운 물이 기세 좋게 계속 쏟아진다. 탕의 수면에서 뭉클뭉클 뜨거운 김이 솟아오른다.

이윽고 떡대는 당황한 기색으로 외친다.

"형씨! 이러지 맙시다! 뭔 오해가 있는 모양인데, 우리 대화로 풉시다! 대화로……!"

떡대는 이제 순한 얼굴이다.

험악한 인상에서 눈빛 하나만 죽였는데, 사뭇 다른 얼굴이 되었다.

"뜨거운 물 틀어달라면서요?"

강혁수는 여전히 웃는 얼굴이다.

"그게… 이제 됐습니다! 이제 너무 뜨거운데요?"

떡대는 정말로 뜨겁다는 시늉을 하며 몸을 비틀어 보인다.

그리고 이제 그만 놓아달라는 듯 순하게 눈을 깜빡인다.

그러나 강혁수는 떡대의 어깨를 누른 손에서 힘을 거두지 않는다.

"아! 뜨겁군요? 그럼 이제 그만 밸브를 닫아야겠네요? 그런데 그 전에 먼저 용서를 구하는 게 순서 아닐까요?"

"용서라면……? 무슨 용서를 말씀하시는지……?"

"저쪽 입구에 걸린 안내문 못 봤습니까? 지나친 문신을 한 사람은 다른 손님들에게 위화감이나 혐오감을 줄 수 있으므로, 당 업소의 출입을 자제해 주십시오! 그럼에도 불구하고 굳이 들어왔으면 스스로 조심스럽게 행동을 해야지,

오히려 선량한 사람들에게 '이거 해라! 저거 해라!' 함부로
위압하고, 더욱이 욕설까지 해대면 되겠습니까?"

"아… 미, 미안합니다!"

떡대가 고개를 숙인다.

"나한테 미안할 게 아니잖습니까? 그리고 뭔 사과를 앉아
서 합니까? 일어나서 정중하게, 제대로 해야지!"

그리 말하며 강혁수가 떡대의 어깨를 누르고 있던 손을
거둔다.

떡대가 황급하게 몸을 일으켜 탕 밖으로 나온다. 그의 온
몸이 잘 익은 고깃덩어리처럼 벌겋다.

막상 급한 지경을 벗어나서인지 떡대가 어물쩍거린다.

그런 떡대를 강혁수가 슬쩍 한번 째리고는 설핏 인상을
굳힌다.

"빨리 사과하고 용서를 구하세요! 미리 말해두지만, 나,
성질 좀 있는 사람입니다! 마음에 안 들면 처음부터 다시
시킵니다! 탕 안에서부터 다시 말입니다!"

떡대가 얼른 철민의 앞으로 선다. 그리고 고개를 까딱하
며 빠르게 읊는다.

"미안합니다! 이렇게 용서를 구하니, 사과를 받아주십시
오!"

강혁수가 싱긋 웃으며 철민을 본다.

'사과를 받아주시겠습니까?'

그런 의미일 것이기에, 철민은 가볍게 고개를 끄덕여 준다.

강혁수가 딴에는 그를 위한답시고 이런 상황을 만들고 있다는 건 안다. 그러나 떡대에게 사과를 받는 것이 무슨 의미가 있을까? 그는 오히려 슬슬 불편해지고 있었다.

"자! 그럼 목욕 계속하세요! 참! 우리보다 늦게 오신 것 같은데, 저기 사우나실에도 한번 가보세요. 그리고 오래오래 재미있게 노시다가, 어쨌든 우리보다는 늦게 나가세요, 아셨죠?"

강혁수의 말에 떡대가 고개를 주억거린다. 그러고는 어울리지 않게도 재빠른 걸음으로 사우나실을 향해 총총 사라진다.

"대표님! 등 좀 밀어드릴까요?"

이번엔 한상운이다.

그러나 철민은 이미 다 씻고 난 후였다. 더욱이 지금의 이런 분위기에서 누구에게 등을 맡길 기분은 전혀 들지 않는다.

"아… 저는 이미 다 끝냈습니다!"

"아이고! 그럼 우리도 얼른 끝내자고?"

육 소장이 괜히 서두른다.

그러곤 강혁수와 한상운을 몰아가듯이 하며 샤워기가 있는 쪽으로 간다.

철민은 곧장 밖으로 나갈까 하다가 생각을 바꾼다. 냉탕 쪽이다. 괜스레 답답하다.

몸에서 열도 좀 나는 것 같다. 한 발을 냉탕 속으로 들이 민다. 시린 냉기가 대번에 엄습한다.

그러나 각오했던 것만큼은 아니다. 두 번째라서 그런가? 견딜 만하다 싶다. 문득 불끈하고 충동이 인다. 뭐라도 확 저질러 버리고 싶다.

'에라~ 이! 모르겠다!'

철민은 그대로 온몸을 던져 버린다.

풍~ 덩!

온몸이 그대로 얼어붙는 듯하다.

그러나 사정없이 온몸을 파고드는 냉기에도 철민은 왠지 기분이 좋다. 흐뭇하다. 뿌듯하다. 없던 무엇이 새로 생긴 것만 같다.

비록 조금쯤이지만, 그것만으로도 벌써 끈끈한 무엇이! 육 소장, 강혁수와 한상운, 그리고 그 사이에!

그러고 보면 정말인 것 같다. 남자들 친해지는 데 목욕만 한 것이 없다는 그 말은.

육 소장은 벌써부터 강혁수를 총애, 아니 편애하는 것 같다.

그는 매일 순찰 시간이 되면, 마치 직속 부관이나 되는 것처럼 강혁수를 대동한다.

두 사람이 순찰을 마치고 사무실로 돌아와서 하는 얘기들을 들어보면, 웬만한 말썽쯤은 강혁수가 적당히 인상 한번 쓰는 것으로 해결되는 모양이다.

물론 그러다 진짜로 문제가 생기지는 않도록 옆에서 육소장이 적당히 수위를 조절하는 것일 터. 또 그런 육 소장의 조절에 강혁수가 잘 맞추기도 하는 것일 테고! 어쨌든 둘은 죽이 참 잘 맞아 보인다.

육 소장과 강혁수의 죽(?) 때문에 피해를 보는 사람들도 있다.

우선은 조 관장이다. 강혁수 때문에 그런 쪽(?)의 조 관장의 필요성이랄까, 존재감은 많이 희석되고 만 듯하다.

사실 관리 사무소의 인원이 늘어나면서 전에는 없던 사뭇 체계적이고 조직적인 기강과 질서가 형성되고, 더욱이 박 소장이 빠져나가는 바람에 기존의 커피 타임이 저절로 유야무야된 까닭도 있다고 해야 할 것이다.

다음은 한상운이다. 육 소장이 강혁수와 너무 죽이 잘 맞다 보니, 본의는 아니겠지만 그의 한상운에 대한 관심이 아무래도 비교될 만큼 낮다는 건 부인할 수없는 사실이다.

시간이란 흐르는 것이다.

누구에겐 바쁘게, 또 누구에겐 한가롭게, 어쨌거나 시간은 흐른다.

그 절대의 진리 앞에서 변하지 않는 건 없다. 세상의 모든 것이 변한다. 사람의 마음도 그렇다.

육 소장은 문득 의미를 두게 되었다. 한상운이 경영학과 출신이라는 점에 대해서 말이다. 관리 사무소의 업무 중 회계와 세무 관련 업무가 만만치 않다는 사실을 새삼 상기하면서.

물론 '만만치 않다'는 건, 어디까지나 육 소장의 입장에서다.

이를테면, 업무 분장상 그의 담당 업무에 속해 있는 공용 전기 요금이나 주차장 관리비, 그리고 청소 등의 공용 시설 비용과 환경 유지비 등을 점포별로 배분하는 일 등등이 모두 그의 분류에 따르자면 회계 업무에 속한다.

낙원상가에서 발생하는 일에 관한 한, 육 소장은 모든 일을 다 알고, 모든 일을 다 할 수 있는 완전 능력자다. 다만 그런 그에게도 어려운 일은 있다. 못하는 게 아니라, 좀 어려운!

특히 세무 관련 업무가 그렇다.

육 소장은 상가의 세무 업무에 대해 인근 빌딩에 있는 세무사 사무소에다 일임해 왔다. 물론 지금까지 아무런 문제도 없었다.

다만 조금 답답한 점은 있다. 세무사 사무소에서는 결산 시기마다 두툼한 책자로 된 결산 보고서를 제출한다. 그러나 낙원상가 관리 사무소에서는 결산 보고서의 맨 첫 장에 있는 요약표만 유용하다.

그 뒷장부터의 세부 내용은 필요가 없다. 솔직히 들여다봐도 무슨 뜻인지 알 수가 없다. 그러니 답답하다는 거다. 비싼 비용 들여서 만들어진 결과물인데, 그 내용의 허실에 대해서는 어떻게 파악해 볼 방법이 없는 것이다. 그저 그들이 계산해 준 대로 기일 안에 세금이나 납부하는 수밖에 없는 노릇이다.

어느 날인가 육 소장은 급하게 세무사 사무소의 사무장에게 전화를 했다.

이번 분기의 세금이 지난 분기보다 확연히 많게 계산된데 대한 설명을 듣기 위해서였다. 그러나 사무장은 알아듣지 못할 용어들만 잔뜩 나열할 뿐이라 육 소장으로서는 도무지 이해할 수가 없었다.

그렇게 답답하던 차에 육 소장은 문득 한상운이 경영학과 출신이라는 것을 떠올리게 된 것이다.

밑져야 본전 아닌가? 육 소장이 반신반의로 이것저것 말을 시켜 보았는데, 아, 이건! 한상운은 회계나 세무 쪽으로는 거의 전문가 수준이었다.

물론 육 소장이 판단하기에 그랬다는 것이다. 어쨌거나 육 소장으로서는 미처 생각하지 못했던, 또 한 사람의 능력자를 얻은 셈이었다.

*   *   *

[낙원상가 관리 체계 개선 방안]

철민의 책상 위에 그런 제목의 보고서가 올라왔다.

한상운이 기안한 것이다.

그것을 육 소장이 장장 일주일을 두고서 수시로 한상운을 불러다 이런저런 내용을 묻고, 확인하고, 또 고심을 거듭하더니, 이윽고 오늘 아침 아끼던 만년필을 꺼내 결재란에 '쓱쓱!' 사인을 휘갈기고는 "결재 바랍니다!" 하며 철민의 책상 위에 올려놓은 것이다.

철민은 사뭇 흥미롭게 보고서를 들춰 본다.

그러나 이내 저도 모르게 미간을 찌푸리고 만다. 우선은 그에게 낯선 용어들이 너무 많다. 그가 취업 시험을 대비해 공부했던, 경제 상식의 수준을 넘어서는 '전문적 용어'들이다. 그런 까닭이겠지만, 철민은 보고서가 '보고'하고자 하는 내용의 맥락을 쉽게 캐치해 낼 수 없었다.

육 소장이 일주일 내내 보고서를 붙잡고 있었던 것도 같은 까닭이리라.

그때 육 소장이 자신의 의자를 밀며 철민의 자리로 온다. 마치 철민이 보고서 때문에 난감해할 줄 익히 짐작하고 있었다는 듯하다.

"지금까지 우리 낙원상가의 관리는 솔직히 주먹구구식으로 이루어져 왔습니다!"

육 소장이 사뭇 전투적으로(?) 운을 떼며 설명을 시작한다.

"사실 요즘 웬만큼 규모가 있는 상가들은 상가 관리를 전문적으로 하는 업체에 아예 위탁 용역을 주는 추세입니다. 즉, 관리 업체에서 전문 지식과 자격을 제대로 갖춘 관리소장을 해당 상가로 파견해, 점포들의 임대 관리에서부터 시설물 유지 관리, 그리고 재무회계 관리에 이르기까지 일체의 모든 일을 도맡아서 처리를 하는 형태입니다. 다만……."

육 소장이 슬쩍 말끝을 줄이며 철민의 반응을 살핀다.

그러나 철민으로서는 아직까지도 대략이 서질 않고 있으니, 뭐라고 반응해 줄 것도 없다.

육 소장이 다시 말을 이어간다.

"용역 비용이 만만치 않게 들어가는 걸로 알고 있습니다. 그러니 우리 상가의 경우에는, 안 그래도 적자가 누적되어 가고 있는 상황에서 그런 추가적인 비용까지 부담한다는 것은 사실상 가능하지가 않은 실정입니다. 그런 점에서……."

육 소장이 이번에는 힐끗 한상운 쪽을 돌아보고 나서 말을 계속한다.

"한 기사가 기안한 이 보고서는, 우리 낙원상가의 관리 체계를 앞으로 어떻게 개선해야 할지를 아주 명료하게 제시하고 있습니다. 그럼… 자세한 내용은 한 기사로부터 직접 보고를 받도록 하시죠!"

육 소장이 자신의 역할은 거기까지라는 듯 한 발을 뒤로 뺀다.

그리고 한상운을 손짓해 부르려고 하는 것을 철민이 얼른 말리며 물었다.

"그 개선방안이라는 것… 소장님이 보시기에는 어땠습니까?"

육 소장은 겸연쩍다는 기색이다.

"솔직히 저부터가 주먹구구식일 때가 많은 마당에, 제 생각이 무슨 소용이 되겠습니까만… 어쨌든 제가 보기에 충분히 일리가 있는 내용들 같습니다. 그래서 드리는 말씀인데… 대표님께서 승인해 주시면, 앞으로 이쪽 분야의 업무는 한 기사에게 한번 맡겨 보았으면 합니다."

육 소장의 그 말에 대해 철민이 곧바로 고개를 끄덕인다.

"알겠습니다. 그렇게 하시죠!"

육 소장이 잠깐 얼떨떨해하는 기색이다.

철민이 슬쩍 덧붙인다.

"소장님이 일리가 있다고 하셨으면, 그걸로 된 거죠, 뭐!"

이어 철민은 보고서의 최종 결재란에 '쓱쓱!' 서명을 한다.

육 소장이 결재된 보고서를 챙겨 한상운에게 건네주며 어깨를 툭 쳐준다.

"자네도 들었지? 대표님께서 승인하셨으니, 이제부터 이 보고서에 언급된 업무들은 자네 담당일세! 열심히 한번 해 보게!"

한상운이 자리에서 일어나 보고서를 받으며 육 소장과 철민을 향해 고개를 숙인다.

"최선을 다하겠습니다!"

첫 직장

철민은 관리 사무소의 업무에 대해서는 거의 개입을 하지 않는다. 아직까지 잘 알지 못하는 부분이 많기도 하지만, 굳이 사서 스트레스를 받고 싶지는 않다는 생각이다. 관리 사무소가 자신에게 그냥, 안정적이고 규칙적인 일상이 되어주는 것만으로도 충분히 만족스럽다.

그래도 관리 사무소는 잘 돌아가고 있는 중이다.

관리 사무소의 실질적인 일인자는 육 소장이다. 그러나 그가 위세를 부리는 스타일은 아니다.

비록 일 처리에 있어서 원칙적이고 깐깐한 면이 다분하긴 하지만, 본래는 넉넉한 인품의 소유자다.

강혁수와 한상운에 대해서도 육 소장이 처음 한동안은 엄격하게 대하면서 '군기'를 잡는 듯하더니, 조금 지나고 나서부터는 혼내고 질책하기보다는 웬만하면 '잘한다! 잘한다!' 하고 격려해 주는 일이 많아졌다. 그리고 업무 외적으로도 가족이라도 되는 듯 이모저모를 살뜰히 챙기는 모습이다. 그런 모습에서 그는 역시 딱 주임 원사다.

한층 활기차진 사무실의 분위기가 철민도 좋다. 관리 사무소에 나와 있는 동안은 혼자가 아니라는 느낌을 즐길 수 있어서!

강혁수와 한상운은 관리 사무소의 일에 적극적이다. 여러 가지의 건의를 수시로 올리기도 한다. 그런데 건의들을 실행하기 위해서는 크든 작든 비용이 소요되니, 그 이유만으로도 육 소장은 일단 반대다. 그렇더라도 육 소장은 건의를 자신의 선에서 묵살하지는 않고, 반대 의견을 달아서라도 철민에게까지 올라가도록 한다.

그렇게 올라간 것들 중의 대표적인 것이, 관리 사무소의 환경 개선에 관한 건의이다.

철민은 흔쾌히 건의를 받아들였다. 그리고 육 소장 주관 하에 시행하라고 전권을 위임했다. 관리 사무소를 재구획하는 꽤나 거창한 공사가 필요했으니, 그에 소요되는 비용 또한 만만치 않을 것이다. 그런 점에서 육 소장이라면, 가장 적정한 비용으로 가장 알찬 효과를 거둘 수 있을 것이다.

관리 사무소 환경 개선 공사가 시작되었다. 사무실의 기존 벽들을 트고, 다시 구획을 하는 제법 대규모의 공사였다.

작업 인부가 세 사람 동원되는 것에 대해서 육 소장은,

"상가 내 점포의 퇴거와 신규 입주 때마다 공사를 도맡다시피 하고 있는 인테리어 업체에 딸린 사람들입니다. 그동안에 쌓은 안면 덕으로, 최저 비용에 공사를 해주기로 했습니다!"

하고 철민이 묻지도 않은 말을 미리 한다.

육 소장은 공사 현장을 잠시도 떠나지 않겠다는 각오인 듯하다.

그렇게나 독한 상사 때문이겠지만, 강혁수와 한상운 또한 현장을 지키면서 일손을 보탰다.

그러나 철민은 공사 현장에서 나는 먼지와 지독한 소음을 도저히 견디지 못한다. 결국 도망치듯이 자리를 피하고 만다. 이후로 그는 다른 곳에서 어영부영 시간을 보내다가 이따금씩 7층으로 올라가 잠깐 공사의 진도나 확인하고는 얼른 다시 도망을 치곤 한다. 물론 그럴 때마다 육 소장과 강혁수, 그리고 한상운에게는 영 미안한 마음이다.

공사는 이틀 만에 끝이 났다. 그리고 다시 하루 동안 비품 배치와 청소를 끝내고 나서야 비로소, 새로운 관리 사무소가 완성되었다.

새 관리 사무소는 세 개의 공간으로 나뉜다. 즉, 대표실과 메인 사무실, 그리고 주방 겸 휴게실이다.

대표실은 말 그대로 대표인 철민을 위한 독립적인 공간이다. 비록 스스로 원한 것은 아닐지라도, 상가의 대표로서의 위상을 제고하자는 취지였으니, 철민이 은근히 들뜨는 것은 어쩔 수가 없다.

메인 사무실은 육 소장과 휘하의 두 기사들인 강혁수와 한상운의 업무 공간이다.

마지막으로 주방 겸 휴게실은, 간편한 주방 시설을 갖춤으로써 내방객들을 위한 다과도 준비하고, 또 필요할 때는 간단한 요리도 하고, 더불어 간이침대도 하나가 비치되어 잠깐의 휴식까지 취할 수 있도록 마련된 공간이다. 며칠 뒤에는 육 소장이 어디서 또 공짜로 얻었다며 가지고 온 중고 안마 의자 한 대가 추가로 놓였다.

건의 내용 중에는 상가 건물 재정비에 관한 건도 있다.

즉, 상가 건물의 외벽 전체와 내부의 주요 벽면에 대한 도색을 새로 하고, 더불어 전반적인 바닥 청소와 광택 처리 및 오래되어 때가 타고 침침한 조명등도 새것으로 일괄 교체하자는 내용이다. 한마디로 때 빼고 광 좀 내자는 거다. 상가가 너무 허름하여 손님들에게 '싸구려'라는 선입견을 주고 있으니, 상가의 전반적인 이미지를 업 시키자는 의미이다.

또한 상당한 비용이 들어가는 일이었으니, 육 소장이 반대 의견을 단 것은 당연했다.

그러나 철민은 이 건의에 대해서도 흔쾌히 승인을 했다.

그런데 결과적으로, 상가 건물 재정비에는 애초에 판단했던 범위를 한참이나 초과하는 비용이 들었다.

당장 표정이 잔뜩 어두워진 육 소장은 판단에 착오가 있었던 것은 자신의 잘못이라며 자신에게 책임을 물어달라고 했다.

철민으로서는 난감할 뿐이다. 책임을 물으라면, 어떻게 물으라는 건가? 초과 비용에 대해 물어내라고 할까? 그만큼 월급에서 떼겠다고 할까? 월급에서 떼면? 아마도 육 소장은 관리 사무소에서 종신 근로를 해야 할 것인데? 월급은 한 푼도 손에 쥐어보지 못하는 채 말이다.

철민은 방법이 없었다. 무슨 말씀을 하시느냐고, 오히려 달랠 수밖에!

"제 결정하에 이행된 일입니다. 책임을 져도 제가 져야 하는 것이지, 소장님의 책임이랄 게 뭐가 있겠습니까? 앞으로도 마찬가지입니다. 우리 상가에서 책임질 일이 생기면, 그건 모두 제가 집니다."

초과 비용이 들었거나 말거나, 어쨌든 때 빼고 광 좀 내니 좋긴 좋다.

상가 건물이 훤하고 산뜻해진 것이 아주 새로 지은 건물 같다.

입주 점포들에서도 아주 잘한 일이라고 쌍수를 들어 공치사를 했다.

그중 가장 좋아하고, 뿌듯해한 사람은 육 소장이었다.

그 밖에 한 달에 한 번 상가 입주 점포들 전체가 참여하
는 환경 미화의 날을 만든 것이며, 유명무실했던 상가발전위
원회를 대폭 정비하여 실질적으로 운영이 되도록 한 것 등
이 다, 강혁수와 한상운의 건의에 따라 이루어진 일이다.

명함을 만들자는 건의도 나왔다. 관리 사무소의 네 사람
을 위한 명함 말이다. 소속감과 자부심을 고취하기 위해서
라도 필요하다고 했다.

명함에 대해서는 철민이 처음으로 자신의 의견을 추가했
다.

"강 기사와 한 기사의 직급은 올려서 찍죠! 대리로!"

건의의 명분 그대로, 소속감과 자부심을 고취시키자는 거
다. 일반 기업의 영업부 같은 데서도, 원활한(?) 영업 활동
을 위해 명함에다 대리는 과장으로, 또 과장은 차장이나 부
장으로 직급을 올려서 찍는 사례가 종종 있다 하지 않는가?

사실은 철민이 말을 아끼고 있는 중이었다. 명함뿐이 아
니라, 조만간 때를 보아 대리 승격에 걸맞도록 두 사람의 월
급도 올려줄 작정이다. 좀 거창하지만, 그에게는 두 사람에
대한 장기적 포석이랄까, 그런 게 좀 있다.

솔직히 얘기하자면, 철민은 그 두 사람의 마음을 사고 싶

었다. 그럼으로써 나중에 그가 진짜로 가진 돈만큼의 부를 누리고자 할 때, 진짜로 믿을 수 있는 심복처럼 그 두 사람을 곁에다 두었으면 좋겠다는 욕심이다. 재벌들이 다 그렇게 하는 것 아닌가? 그룹이나 회사의 직원이 아닌, 자신의 사람을 따로 키워서 심복으로 쓰지 않는가 말이다.

물론 그런 '장기적 포석'이야, 철민이 앞으로 한참 더 많은 시간을 두고 지켜보면서 두 사람에 대한 믿음이 확고해진다는 전제가 우선되어야 할 일이다.

어쨌거나,

[낙원상가 대표 김철민]

첫 명함이다.

그러고 보니 이제야 직장이 생겼다는 실감이 제대로 났다.

첫 직장!

괜히 가슴 뿌듯해지는 첫 직장이다.

제10장

소녀

소녀

요즘 들어 철민의 퇴근은 종종 늦어지곤 한다. 늘 오후 4시경에는 퇴근을 하던 그였는데, 요즘에는 6시, 때로는 7시도 넘어 어두운 밤이 되어서야 퇴근을 하는 날도 있다.

특별히 일이 있는 건 아니다. 그냥 대표실이 생기고 나서부터다. 대표실은 그에게 원룸만큼이나 편안하고, 못지않게 프라이버시가 보장되는 공간이다. 더욱이 문 하나만 열면 '그의 편'인 사람이 셋이나 있다. 그러니 들어가 봐야 추운

겨울의 긴긴밤만 기다리고 있을 뿐인 원룸으로 일찍 퇴근하고 싶은 욕구가 굳이 생기지 않는 것이다.

이전에는 혹시 자신의 눈치를 보느라 육 소장 등이 제시간에 퇴근을 하지 못할 수도 있겠다 싶은 걱정을 하기도 했었다. 그러나 이제는 안다. 그의 퇴근 여부와는 아무 상관없이, 그들 셋 중 누구도 정말로 특별한 일이 있지 않고는 7시 전에는 퇴근을 하지 않는다는 사실을! 그러니 그는 괜한 걱정을 하지 않아도 되는 것이다.

오늘도 철민은 7시가 되어서야 사무실을 나왔다. 바깥은 이미 어둡다. 날씨도 제법 추워서 그는 코트의 깃을 세웠다.

철민은 상가 건물을 한 번 올려다봤다. 요즘 들어 습관처럼 하곤 하는 행동이다. 어둠 속이긴 하지만, 건물은 깨끗하고도 깔끔하다. 그는 괜스레 뿌듯해진다. 오늘도 뭔가 보람 있는 하루를 보낸 것 같은 기분이다.

그때다. 저쪽에서 누군가 종종걸음으로 다가온다. 추운 듯이 잔뜩 움츠린 모습이다.

"아저씨!"

마치 아는 사람을 부르는 듯이 친숙한 느낌이기에, 철민은 설핏 주위를 돌아본다. 그러나 근처에 다른 사람은 없다. 아저씨라고 불릴 만한 사람은 그뿐이다.

"죄송해요, 아저씨! 제가 좀 늦었죠?"

젊은 아가씨다. 검은색의 스포츠 패딩에 스키니 진 차림
인데, 운동화를 신었음에도 키가 커 보인다.

그렇지만 철민으로서는 전혀 알지 못하는 얼굴이다. 그런
데 난데없이 아는 척이라니? 그것도 제법 친근한 척이라니?
그는 새삼 당황스러워지고 만다.

"도로가 좀 막힌다고 전화를 드리려고 했는데, 갑자기 휴
대폰 배터리가 나가버렸지 뭐예요? 죄송해요! 히~ 힛! 용서
해 주실 거죠?"

아가씨는 장난스러운 웃음으로 애교까지 부린다. 그러고
는 대뜸 철민의 곁으로 다가서는데, 그냥 두면 팔짱이라도
낄 듯하다.

철민이 슬쩍 한 걸음을 비켜선다.

"아가씨! 나 알아요?"

그제야 아가씨가 멈칫거리는 기색이다. 그러더니 다시 사
뭇 경계하는 빛으로 변한다.

"저기… 혹시 아까 저하고 통화하신 분… 아니세요?"

이건 또 무슨 소린지? 철민은 새삼스레 아가씨를 훑어본
다. 아까는 모르겠더니, 짙은 화장을 한 얼굴이다. 그리고
화장이 아니라면 사뭇 어려 보일 얼굴이다. 고등학생쯤? 혹

은 좀 더 어릴지도! 아가씨라기보다는 차라리 소녀, 여자애라고 하는 게 더 어울리겠다 싶다.

"아니! 난 통화한 적 없는데? 착각했나 보네!"

철민의 대답이 저절로 반발 투로 된다.

아가씨, 아니 여자애는 설핏 위축된 기색으로 한 발 옆으로 물러선다.

그에 철민으로서도 더 이상 서 있을 까닭은 없는 것이어서 선뜻 몸을 돌렸다. 그리고 그가 계단을 한 걸음 내려설 때다.

"아이, 씨발! 어떻게 된 거야? 아직 안 온 거야? 기다리다가 버린 거야? 추워서 뒤지겠네! 씨발!"

여자애가 중얼거리는 소리에 철민의 걸음이 우뚝 멈추고 만다. 마치 다리가 무엇에 묶이기라도 한 것 같다. 앳된 얼굴에서 뱉어진 차진 욕설 때문일까? 아니, 그보다는 '추워서 뒤지겠네!'라는 말 때문일 것이다. 그 말에서 곧장 연상되는 초조함과 불안 따위의 느낌 때문일 것이다.

'혹시 무슨 문제라도 있나?'

철민은 언뜻 걱정이 되기도 한다. 그러나 퍼뜩 생각해 보니 역시 섣불리 간섭할 일은 아니다.

철민은 다시 걸음을 뗀다. 그런데 그가 내처 두어 계단을 더 내려가고 있을 때다.

"저기… 아저씨!"

부르는 소리에 철민이 멈칫 서서 뒤를 돌아본다.

여자애가 잔뜩 움츠린 모습으로 그를 바라보고 있다.

"왜?"

철민의 물음에 여자애는 쭈뼛쭈뼛 망설이는 듯하더니,

"아, 아니에요!"

하고는 고개를 푹 숙여버린다.

그런 여자애의 모습은 오히려 철민을 갈등하게 만드는 데가 있다. 더욱이 하필 여기는 그의 상가 앞이다. 그리하여 그는 결국 물어보지 않을 수 없다.

"너, 혹시 무슨 일 있니?"

여자애가 다시금 고개를 든다. 그리고 조심스럽게 철민을 훑어보는 듯하더니, 문득 피식 웃음을 지으며 반문한다.

"왜요? 무슨 일 있으면 도와주시게요?"

순간 여자애는 감춰놓았던 삐딱한 불량기를 불쑥 드러내는 듯하다.

철민은 씁쓰름한 심정이 되고 만다. 마치 버릇없는 놀림을 받은 것 같다. 그리하여 그가 굳이 대답할 가치조차 느끼지 못하고 다시 몸을 돌리려 할 때다.

"그럼… 저 술 한잔 사주실래요?"

여자애가 쌩끗 장난스러워 보이는 웃음을 짓고 있다.

철민이 짐짓 정색하며 질책한다.

"어허! 어린애가 무슨 술을 사달래?"

그러자 여자애가 짜랑하게 웃음을 터뜨린다.

"호호호! 저 어린애 아니에요! 스무 살 넘었어요! 워낙 동안이라서 그렇지, 확실한 성인이라고요!"

"거짓말하면 안 된다! 누가 널 보고 스무 살이라고 하겠니?"

"아유, 아저씨도 참! 민증 까서 보여드려요?"

"그래! 어디 한번 보자!"

철민이 손을 내밀자 여자애는 짐짓 눈을 흘긴다.

"에이, 씨! 속고만 사셨나? 사람 말을 그렇게 못 믿어요?"

"못 믿어! 그러니까 민증 내놔 봐!"

그러자 여자애는 또 생긋 미소를 떠올리더니 엉뚱한 소리를 좋알댄다.

"오늘은 영 일진이 안 좋은 날인가 봐요! 휴대폰 배터리가 갑자기 나간 것으로 모자라 지갑까지 빠뜨리고 나왔지 뭐에요? 아저씨! 민증은 다음에 보여드릴게요! 꼭!"

그러더니 여자애는 철민이 뭐라고 할 틈을 주지 않고 폴짝폴짝 계단을 뛰어 내려와서는 철민의 곁을 차지하고 선다.

"아저씨! 그럼 저 술 말고, 밥 좀 사 주시면 안돼요? 사실은 배가 좀 고프거든요! 좀 많이!"

철민이 어이가 없어서 물끄러미 보고 있을 때 여자애는 슬쩍 철민의 팔짱을 낀다.

"대신… 저도 아저씨가 원하는 것 한 가지 해드릴게요!"

올려다보며 웃는 여자애의 얼굴에서 제법 익숙한 듯한 유혹의 느낌이 풍겨져 나온다.

그에 철민은 대강의 사정을 꿰어 볼 수 있었다.

여자애는 소위 말하는 거리의 아이인 모양이다. 가출 소녀라든지. 그리고 앞뒤 정황으로 보아 아마도 조건 만남 같은 걸 하러 여기에 온 것 같다. 그런데 무슨 착오가 생기는 바람에 상대를 만나지 못하게 된 것이리라. 그런 데다 마침 휴대전화 배터리까지 나가고, 더욱이 수중에는 돈 한 푼 없고! …그냥 그런 정황들이 상상된다. 요즘 그런 일들이 워낙 흔하게 벌어지는 세상이 아닌가?

'혹시 꿩 대신 닭으로 나를……?'

하는 데까지 생각이 미치자, 철민은 새삼 어이가 없어진다. 그러나 이제 와서 '난 모르겠다!' 하고 그냥 가버리는 것도 못할 짓이다. 다른 건 차치하고서라도 배가 고프다고 하지 않는가? 어쨌거나 그의 상가로 찾아든 객인데, 최소한 당장의 배고픔은 면하게 해주어야 하지 않겠느냐는 생각이었다. 밥 한 끼 사주면 해결될 일을, 나 몰라라 하고 외면한다면 두고두고 마음에 끼이지 않겠는가 말이다.

"좋아! 밥은 사 주지!"

철민의 말이 떨어지자 여자애는 철민의 팔에 매달리다시피 하며 강중거린다.

그 모습이 영락없이 앳된 소녀, 철민은 저절로 쓴 웃음을 짓고 만다.

철민은 여자애를 상가 2층의 식당가로 데려갔다.

여자애는 철민이 권하거나 묻기 전에, 제가 알아서 식당을 고른다. 돈가스 가게다.

철민의 얼굴을 아는 가게 주인이 짐짓 눈을 크게 떠 보인다. 여자애에 대해 누구냐고 묻는 것이리라.

가게 주인의 의문을 슬쩍 외면하며 철민이 여자애에게 묻는다.

"뭐 먹을래?"

"비싼 거 먹어도 돼요?"

철민은 고개를 끄덕일 수밖에!

여자애는 잠시 벽에 걸린 메뉴판을 훑어보더니 이내 결정을 한 모양이다.

"저거요! 특A세트!"

돈까스와 샐러드, 그리고 밥과 몇 가지 반찬과 또 음료수

가 포함된 세트다. 가격은 만 원! 가게에서는 비싼 축에 드
는 메뉴다.

저녁 전이었으므로 철민은 같은 걸로 두 개를 주문한다.
그리고 음식이 나올 동안 멀거니 있기도 어색해서 여자애에
게 몇 가지를 물어보기로 한다.

"이름이 뭐니?"

"소영이요! 민소영!"

거리낌 없이 가르쳐 주는 것이, 가짜 이름인 듯싶다. 그러
나 굳이 진짜 이름을 캐물을 필요까지는 없어서 철민은 고
개를 끄덕인 후 다시 묻는다.

"집은?"

여자애, 소영이 피식 웃더니 약간은 퉁명스럽게 반문한
다.

"계속 물어볼 건가요?"

"응?"

"아저씨는 원래 그렇게 다른 사람에 대해 궁금한 게 많아
요?"

철민은 머쓱해지고 만다.

소영이 피시시 웃고는 다시 잇는다.

"이제쯤 대충 감 잡았을 거 아니에요? 집 같은 거 없다
는 거!"

철민은 실없이 따라 웃다가, 조금 틈을 두고 불쑥 다시 묻는다.

"잘 곳은 있니?"

그러자 소영은 빤히 철민을 쳐다본다.

철민은 소영이의 입가에 남아 있던 약간의 웃음기가 문득 조소로 변하는 느낌을 받았다.

"없어요! 오늘 밤 아저씨가 좀 재워 주실래요?"

소영의 말에 철민은 당황스러웠다. 마침 음식을 들고 오던 가게 주인이 이상하다는 듯한 눈길을 주는 것만 같아서 괜스레 낯이 뜨거워졌다.

철민은 음식을 먹는 동안 생각이 복잡해졌다.

'여기까지다! 더 이상은 곤란한 상황을 자초하는 짓이다!'

…하는 생각이다가도,

'당장 잠잘 곳이 없다는데, 모른 체하기는 또 그렇지 않은가?'

하는 생각으로 기운다. 그러고는 다시,

'그냥 돈을 좀 줄까?'

한다. 그러나 그건 또 무언지 잘못하는 것 같다. 소영이 그 돈을 제대로 된 숙소를 구하는 데 쓸 것 같지 않고, 오히려 잘못된 데다 쓸 것 같았다.

'참 오지랖도 넓다!'

싶다가, 또,

'그렇다고 직접 모텔로 데려다주기도 그렇지 않은가?'

하는 생각을 한다. 그러다가 이윽고,

'내가 왜 이런 귀찮은 고민을 사서 해야 하나?'

하는 생각에 다다라서는 머리를 흔들고 만다.

그러나 그는 대강의 결론에는 다다른다. 그가 소영이에 대해 끝까지 책임을 질 수 없다는 건 분명하지만 지금 당장의 문제에 대해서는 뭔가를 해주지 않으면 안 되겠다는 생각이었다. 어쨌든 그와 인연이 닿은 것이다. 그러니 다만 오늘 하룻밤만이라도 따뜻하게, 그리고 안전하게 잘 수 있도록 배려해 주고 싶었다. 그래야 마음이 편해질 것 같았다. 그리고 그는 한 곳을 떠올렸다.

"좋은 곳이 아니어도 괜찮겠니?"

철민의 물음에 소영은 잠깐 멈칫거리는 기색이다. 그러나 이내 체념하는 듯한 눈빛이 된다.

"노숙도 하는데, 뭘 좋은 곳까지 따지겠어요? 춥지 않게 잘 수만 있으면 어디든 다 괜찮아요!"

*　　　*　　　*

철민은 소영을 데리고 9층으로 올라간다.

관리 사무소의 문을 열고 들어서자, 막 퇴근 준비를 하고 있던 모양인 육 소장과 강혁수, 그리고 한상운이 일제히 어리둥절해한다.

"대표님……? 그 예쁜 아가씨는 누굽니까?"

육 소장이 짐짓 눈을 크게 뜨며 묻는다.

소영 또한 크게 어리둥절하고 놀란 눈치다. 미처 예상치 못했던 장소인 때문인지! 혹은 "대표님!" 소리 때문인지!

철민은 다른 사정 설명 없이, 그냥 소영이 사무실에서 하룻밤을 보내야 할 처지라고만 한다.

그러자 육 소장 등도 굳이 의혹을 제기하지는 않는다.

한상운은 얼른 휴게실로 들어가서는 이런저런 준비를 한다.

잠시 후, 철민을 따라 주방 겸 휴게실로 들어선 소영의 눈이 휘둥그레진다.

싱크대와 식탁이 놓인 주방에다, 옷장과 안마 의자, 그리고 간이침대까지 비치된 제법 넉넉한 휴식 공간이 있다. 간이침대에는 전기담요와 침구가 정갈히 개어져 있고, 한쪽 구석에는 방금 켜 놓았는지 전기 히터가 훈훈한 온기를 뿜어내고 있는 중이다. 또한 싱크대 위쪽의 수납장에는 라면이며 식빵, 그리고 커피며 캔류 같은 먹거리들이 빽빽이 채워져 있다.

"와! 좋네요! 여기서 살아도 되겠다!"

소영이 나직이 탄성을 터뜨린다.

순간 철민은 설핏 불안해졌다.

기왕 일할 거면, 게으름 피우지 말고 제대로 해라?

철민은 여느 때와 마찬가지로 아침 10시쯤 사무실로 출근을 한다. 또한 여느 때와 마찬가지로 사무실의 세 사람과 반갑게 인사를 나눈다.

다만 철민이 대표실로 곧장 가지는 않고 휴게실부터 살핀다. 그 여자애가 이미 떠났기를, 어젯밤의 그 갑작스럽고도 당황스러웠던 사건이 자신이 베푼 잠깐의 호의로 무사히 잘 마무리됐기를 기대하면서!

없었다. 그로 인해 철민은 안도한다. 한편으로 약간의 걱정이 설핏 생겼지만, 그런 것이야 어차피 그가 감당해야 할 몫은 아닐 것이다.

그때였다. 철민이 하는 양을 지켜보고 있었던지, 육 소장이 불쑥 말한다.

"소영이, 계단 청소하고 있는 중입니다!"

"예?"

철민은 다시 묻지 않을 수 없었다.

"아니, 걔가 왜 계단 청소를 합니까?"

"허! 그게… 말려도 애가 아주 막무가내라서 어떻게 해볼 도리가 있어야지요."

육 소장의 설명에 따르면, 아침에 출근했더니 소영이가 사무실 청소를 하고 있더란다. 바닥을 쓸고, 닦고. 또 책상 위도 깨끗이 닦고 하는데, 육 소장이 그만두라고 해도 막무가내더란다. 그러더니 청소하는 아주머니 두 분이 오자, 소영이가 또 두 분을 돕겠다며 무작정 따라나섰다는 것이다. 아주머니들이 난감해하는 것을, 육 소장이 일단은 대표님 오실 때까지만 애가 하는 대로 두자고 말해서, 지금은 각층의 화장실이며 계단을 함께 청소하고 있는 중이라고 했다.

조금 있자 소영이가 사무실로 돌아온다.

"야! 너……!"

철민은 한바탕 싫은 소리를 쏟아내려고 했지만 스스로의 목소리가 너무 높게 나오는 것에 지레 흠칫하며 일단 감정을 추슬렀다.

눈치를 보던 소영이가 얼른 고개를 꾸벅하며 말한다.

"대표님! 저 여기서 일 좀 하게 해주시면 안 돼요?"

"뭐?"

"저 무슨 일이든지 열심히 할게요! 청소도 하고, 시키는 일 무엇이든 다 할 테니까, 여기서 일하게 해 주세요!"

"참 나! 얘가 지금……? 그게 무슨 엉뚱한 소리니?"

소영이가 고개를 푹 숙인다.

철민은 이제 그런 모습마저도 영악스러워 보인다. 애가 참으로 맹랑하지 않은가? 사정이 딱해 보여서, 그리고 모른 체했다가 나중에 마음이 불편해질 것 같아서 기껏 호의를 베풀어주었더니, 아주 눌러붙으려고 꾀를 부리지 않는가? 여기가 무슨 오갈 데 없는 사람들을 구제하는 복지 센터도 아닌데 말이다.

마침 사무실로 들어서던 아주머니들이, 소영이가 고개를 푹 숙이고 있는 걸 보고는 조심스럽게 곧장 휴게실로 들어간다. 그러면서 자기네들끼리 속삭인다.

"어린애가 무슨 사정인지 모르지만, 오죽 갈 데가 없으면 저럴까?"

"그러게! 애가 싹싹한 데다, 일찍 철이 들어서인지 거북한 일도 마다하지 않고 곧잘 하는 걸 보면 천성이 나쁜 애는 아닌데……."

육 소장과 강 대리, 한 대리도 안타깝다는 기색이었다. 감히 뭐라고 말을 거들지는 못하지만!

철민은 잠시 묵묵히 소영이를 바라보았다.

소영이는 감히 고개를 들지 못한다. 숨소리마저도 죽이고 있는 듯하다.

"아침은?"

철민의 물음에 소영이는 고개를 들며,

"예?"

하고 사뭇 애매한 투로 반문했다.

"아침은 먹었냐고?"

철민이 짐짓 퉁명스레 다시 묻는다.

소영이의 표정이 금세 밝아진다.

"예! 먹었어요!"

"어디서?"

"주방에 있는 라면하고, 빵하고……."

철민은 잠시 할 말을 찾지 못했다. 그러다 저도 모르게 버럭 소리를 지르고 만다.

"누가 아침부터 그런 걸로 때우라고 하든?"

소영이 화들짝 놀라며 얼른 다시 고개를 숙인다.

"죄송해요!"

"죄송? 뭐가 죄송한데?"

철민은 뚜렷한 까닭도 없이 자꾸만 화가 치솟는다.

곁에서 보고 있던 육 소장이 사뭇 조심스럽다는 듯이 슬그머니 끼어든다.

"지하 주차장 창고에 쓸 만한 전기밥솥이 하나 있긴 한데… 쌀하고 밑반찬 몇 가지 챙겨서 주방에다 가져다놓을까요……?"

철민이 힐끗 육 소장에게 눈총을 준다. '지금 불난 데 부채질하는 것도 아니고, 그건 또 무슨 엉뚱한 소립니까?' 면박이라도 주고 싶다. 그러나 육 소장에게까지 화를 낼 수는 없는 노릇이어서, 다시 소영이를 향해 눈을 부라린다.

"너는… 새파랗게 어린 애가 나중에 뭐가 되려고 벌써부터……?"

철민이 뒷말까지는 차마 하지 못하고,

"에이, 참!"

하고 버럭 역정을 뱉고는 휙 몸을 돌려 대표실로 들어가 버린다.

고개를 푹 숙인 소영의 어깨가 가늘게 흔들린다.

청소하는 아주머니 한 분이 얼른 나와서는 소영이의 어깨를 감싸 안고 주방으로 데리고 들어간다.

*   *   *

관리 사무소에 묘한 분위기가 감돌고 있다.

철민과 소영이가 만들어 내는 분위기다.

철민은 소영이를 아예 없는 사람 취급 한다. 그리고 소영이는 철민만 보면 주방으로 숨는다.

그러면서도 소영이는 관리 사무소를 떠날 생각은 없어 보인다. 오히려 철민을 제외한 다른 사람들과는 이제 제법 친숙해졌다.

육 소장은 철민의 눈치를 보면서도, 소영이가 임시로 할 일을 슬쩍 만들어 주었다. 아침저녁으로 사무실 정리와 청소를 담당하게 했고, 사무실로 오는 전화도 받게 했다. 또 손님들이 오면 다과를 내오는 일을 포함한, 주방 업무(?) 담당자로 지정했다.

덕분에 육 소장은 평소보다 커피가 늘었다. 강 대리와 한 대리도 간식을 찾는 일이 부쩍 잦았다.

그늘은 있었지만, 소영이의 본래 성격은 밝아 보였다. 명랑하고, 싹싹하고, 눈치도 빠르다. 육 소장 등이 시키는 심부름이나, 또 간단한 업무 보조까지 곧잘 해내서 사무실 사람들의 귀여움을 받는다.

그렇게 해서 식구가 한 사람 더 늘었다. 철민과는 무관한 일인 것처럼!

어느 날, 소영이 먼저 말을 붙였다.

쭈뼛거리며 대표실로 들어온 소영이 조심스럽게 입을 뗀다.

"저… 대표님!"

철민은 짐짓 무덤덤하게 받아준다.

"왜?"

"감사해요!"

"뭐가?"

"우리 엄마, 아빠를 포함해서 지금껏 만난 어른들 중 진짜 어른 같은 어른은 대표님이 처음이었어요!"

그 말에 철민은 실소하지 않을 수 없어서 피식 웃고 만다.

"무슨 그런 말이 다 있니?"

그러나 소영이는 여전히 진지한 기색이다.

"소장님과 두 대리님, 그리고 아주머니들도 정말 좋아요! 모두들 제게 넘 잘해주세요! 제가 그동안 만나지 못했던 좋은 어른들이 전부 이곳에 계시는 것만 같아요!"

철민은 문득 거북했다. 갑자기 가슴이 시려오는 것 같다.

"처음 대표님을 만날 때부터 못되게 굴고, 또 제 멋대로 떼를 써서 여기에 눌러붙어 있는 거, 정말 죄송해요! 그렇지만… 대표님!"

소영이의 눈에서 물기가 비쳤다.

"저 여기 계속 있게 해주시면 안 돼요? 무슨 일이든지 시켜만 주시면 정말 열심히 할게요! 돈 같은 건 절대 바라지 않고요, 그냥 굶지 않고 따뜻하게 잘 수만 있으면 돼요! 그냥… 대표님과 여기 사무실 분들처럼 좋은 분들과 함께 지낼 수 있다는 것만으로도 감사해할게요. 저한테 지금처럼 좋았던 적은 없었어요! 그러니까 대표님… 저 여기 계속 있게 해주세요! 제발!"

이윽고 소영이의 양 볼로 두 줄기의 눈물이 주르륵 흘러내린다.

철민은 눈에다 잔뜩 힘을 준다. 아까부터 울컥거리더니 기어코는 눈물이 고이려고 했다. 그도 모르지 않았다. 지금 소영이가 외롭다는 것을! 외로움은 외로운 사람끼리만 느낄 수 있다.

'제기랄!'

철민은 와락 인상을 찡그린다. 어쩔 수가 없다. 받아줄 수밖에.

아마 잘하는 짓은 아닐 것이다. 어쭙잖은 동정심인지도 모르겠다. 그래도 아는 까닭이다. 비록 값싼 동정심이라도 정말로 외로워서 죽을 것만 같을 때는, 그것마저도 절실하다는 것을!

철민이 애꿎은 책상 위의 유리를 손바닥으로 쓱 훔친다. 깨끗하다. 아침저녁으로 닦아대니 더러워질 새가 없다.

"이거 뭐가 자꾸 버석거리네? 야, 너! 아침에 내 책상 청소했니? 혹시 빼먹은 거 아니지? 기왕 일할 거면, 게으름 피우지 말고 제대로 해라? 안 그러면 당장에 확… 잘라버리는 수가 있어?"

철민은 퉁명스럽게 뱉고는 자리에서 벌떡 일어난다. 그러고는 '휑!' 하니 대표실을 나선다.

뒤에서 소영이가 나직이 흐느끼는 소리가 들린다.

메인 사무실로 나오는 철민을 바라보는 육 소장과 두 대리의 눈치가 좀 이상하다. 소영이에게 도대체 무슨 짓을 했기에, 애를 저렇게 울리느냐고 추궁이라도 하는 듯하다.

'제기랄!'

철민은 사무실 소파에는 앉지도 못하고, 쫓기듯이 다시 주방으로 들어갔다. 안마 의자가 보이기에 털썩 몸을 맡기고는 되는대로 버튼을 누른다. 그런데 뭘 잘못 눌렀나 보았다. 안마기가 온몸을 확 움켜잡는다.

'윽!'

연이어 안마기는 제멋대로 두드리고, 비틀고, 쥐어뜯는다.

'악!'

'으악!'

철민의 소리 없는 비명이 휴게실을 가득 채운다.

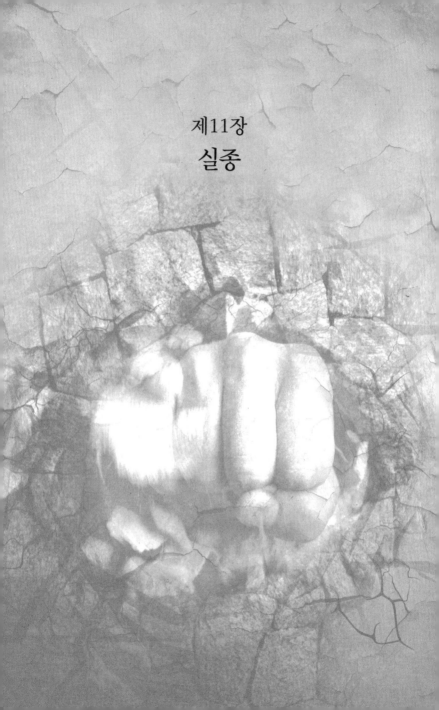

제11장
실종

한턱 쏴야지? 아니, 내가 한턱 쏠게!

　오후 2시 즈음은 힘든 시간대다. 점심 먹고 한 시간쯤 지
날 무렵이니, 무지막지한 졸음이 엄습한다.
　부르르!
　바지 주머니에서 진동하는 느낌을 받았으나, 철민은 쉽게
졸음에서 벗어나지 못한다.
　부르르!
　부르르!

몇 번이나 더 떨림이 있고 나서야 그는 퍼뜩 인지한다. 그것이 휴대폰의 진동음이라는 것을!

재빨리 휴대폰을 꺼냈을 때, 휴대폰은 이미 죽고 난 다음이었다.

[공주님]

부재중 전화 리스트에 그렇게 찍혀 있다.

황유나다. 그러고 보니 그녀에게서 한동안 연락이 없었다. 요즘은 술을 안 마시는 모양이다. 술이나 취해야 그에게 전화할 일도 생길 텐데 말이다.

그렇다고 그가 먼저 그녀에게 전화할 처지는 아니다. 기껏 '용사' 주제에 말이다.

그리고 그녀가 얼마나 바쁜지 아는 까닭이다.

요즘엔 사실, 그도 좀 바쁘다.

철민이 전화를 걸자 두 번째 신호가 다 가기도 전에 황유나가 받는다.

―왜 전화를 안 받아?

그녀는 대뜸 추궁이다.

"진동으로 해두는 바람에 전화 온 줄 몰랐어!"

―하여간! 너, 백수이길 다행인 줄 알아라!

"지금 그거 악담이냐?"

─악담은 아니고! 직장에서 중요한 전화 놓치면 열나게 까인다는 얘기지!

"결국 니 전화가 중요한 전화라는 얘기가 하고 싶은 거야?"

─그럼, 당연하지! 난 공주님이니까!

철민의 말문을 단숨에 콱 막아버리는 한마디다.

그래 놓고 그녀는 곧장 엉뚱한 소리를 한다.

─4시에 시간 괜찮아?

"왜, 뭐 하려고?"

─응! 영화나 한편 때리자고!

"얘가 지금 뭔 소리래?"

─왜, 나하고 영화 보는 거 싫어?

"아니… 그건 아니고… 너, 오늘 출근 안 했어?"

─아니? 지금 사무실인데?

"근데 무슨 4시에 영화를 봐?"

─훗! 내가 땡땡이 치려는 것 같니? 걱정 마! 기자 일이란 게 좀 그래! 가끔씩은 영화를 봐야 할 때도 있다고! 물론 일과 관련해서!

"뭐 볼 건데?"

─참! 빨리도 묻는다! 그냥 나와! 만나서 얘기해! 그럼 4시에 롯데시네마 명동점! 알았지?

그리고 그녀는 전화를 뚝 끊어 버린다. 그의 대답은 듣지도 않고.

"그러지, 뭐……!"

들을 사람을 잃어버린 그의 대답이 허공으로 퍼진다.

"나 얼마 전에 취직했다!"

황유나를 만나자마자 철민은 그 소리부터 한다. 아까 전화로 들은 백수 소리에 대한 해명인 셈이다.

"어머, 진짜? 어디? 회사? 공기업?"

그녀는 대번에 관심을 보이며 속사포처럼 쏘아댄다.

"응… 그게……."

"괜찮아! 말해 봐! 요즘 세상에 취직이 얼마나 어려운데? 어디든 일단 취직했다는 게 대단하지!"

"그냥… 연구소야!"

순간 왜 그 말이 나왔는지!

사실 그는 그녀에게 취직했다는 소리와 함께 명함을 건네줄 생각이었다.

'나 이런 사람이야!'

폼이라도 잡으면서 말이다. 그런데 방금 그렇게 하지 못한 건, '낙원상가 대표'라고 찍힌 명함으로 인해 낙원상가를 소유했다는 얘기가 번진다면, 그다음에는 또 어떻게 설명을 할 것인가, 하는 생각이 문득 들었기 때문이다. 로또에 당첨돼서 졸부가 되었다고 할 것인가? 아니다, 자신의 이미지가 그렇게 변화되는 건 싫다.

그녀는 고개를 갸웃거리며 다시 속사포를 가동시킨다.

"연구소? 무슨 연구소? 뭘 연구하는 덴데?"

"그냥… 사회 문제! 우리 사회의 각종 문제들을 연구하는 데야!"

"그래? 근데… 너 경제학 전공이잖아? 사회 문제를 연구하는 것하고는 거리가 좀 있는 것 아닌가?"

"그런 건 아냐. 사회 문제 중에는 경제학적 측면에서의 접근이 필요한 부분도 있어."

"하긴 그렇겠다. 그래, 연구소 규모는 커? 직원 수는 얼마나 돼?"

"그렇게 안 커! 직원은… 연구소장님하고, 대리 둘, 아가씨 하나, 그리고 나까지 모두 다섯… 이야!"

그녀는 입을 닫았다. 그리고 잠시 그를 바라보더니, 다시 조심스럽게 말을 꺼낸다.

"너 공기업 쪽으로 준비하고 있는 걸로 알고 있었는데……? 그리고 직장이란 게 일단 한 번 정하고 나면 다시 바꾸기가 쉽지 않은 텐데……. 좀 더 신중하게 생각해 봐야 하는 거 아닐까?"

"아냐, 이미 충분히 해볼 만큼 해봤어. 언제까지 거기에 목매달고 있을 처지도 못 되고."

"그래도……"

안타깝다는 기색이더니 그녀는 문득 눈빛이 날카롭게 변한다.

"그런데 너… 거기 연구소라는 데, 잘 알아보고 들어간 거야? 확실한 데 맞아?"

"무슨 소리야? 확실하고 말고 할 게 있어?"

"애 좀 봐? 요즘 세상이 얼마나 험악한지 몰라서 그래? 안되겠다. 거기가 어딘지 자세히 말해 봐! 내가 한번 알아봐줄게!"

"참 나! 됐네, 이 사람아! 거기 사실은 이전부터 내가 잘 알던 곳이야!"

"정말이야?"

"애가, 진짜? 야! 내가 잘난 거 없는 건 맞는데, 그렇다고 아주 쉬운 사람 취급 받을 정도는 아니다?"

철민은 짐짓 목소리를 높인다. 그리고 그녀는 그제야 마지못한 듯 기세를 숙인다.

"알았다, 알았어! 근데 얘는? 그렇다고 화를 내냐? 다 널 걱정해서 하는 소리지!"

그러더니 그녀는 금세 또 화제를 바꾼다.

"참! 그런데 취직했다면서, 지금 이 시간에 이렇게 나와 있어도 되는 거야?"

"응? 아, 그게… 아직은 인턴 기간이고, 정식 출근은 며칠 뒤부터라서……!"

"음… 그랬구나! 그런데 좀 섭섭하다?"

"뭐가?"

"이제 백수가 아니라서! 내가 아무 때나 맘대로 불러낼 수가 없게 됐다는 거잖아?"

"그거야 뭐……!"

시실은 바라던 바였으면서도, 그는 왠지 섭섭한 느낌도 들었다. 시원섭섭하달까?

"어쨌든 축하해! 한턱 쏴야지? 아니, 내가 한턱 쏠게! 우리 맛있는 거 먹으러 가자!"

"영화 보자며?"

그녀가 피식 웃는다.

"꼭 영화를 보려고 한 건 아냐! 너 본 지도 오래된 것 같고 해서, 그냥 간만에 얼굴도 보고, 또 좀 노닥거리고도 싶어서 전화를 해본 거지!"

그러더니 그녀는 문득 애교 섞인 표정을 지으며 불쑥 묻는다.

"그런데 그 아가씨 예뻐?"

"아가씨? 누구?"

"너희 연구소에 있다는 그 아가씨 말이야!"

"뭐?"

철민은 피식 실소하고 만다. 실없는 농담에 그녀는, 그가 알바 자리 비슷한 곳에 취직한 것으로 지레짐작하는 눈치 같기도 했다. 그러나 오히려 그런 편이 좋겠다 싶어진다. 그녀가 그에 대해 계속 그 정도로만 알아줬으면! 자신은 그녀에게 늘 그렇게, 그저 평범한 삶을 사는 주변인으로 비쳤으면 싶었다. 또한 그럼으로써 그는, 상대적으로 특별한 삶을 살아가는 그녀의 삶의 조연이라도 나쁘지는 않겠다 싶었다.

식구들

소영이는 많이 밝아진 모습이었다.

"대표님 나오셨어요?"

소영이의 명랑한 아침 인사는 사람의 기분을 괜스레 좋게 만드는 데가 있다.

사무실 사람들에게는 물론이고, 사무실을 찾는 손님들에게도 늘 명랑하고 싹싹하게 대하는 소영이의 모습에, 철민은 이제 처음 만났을 때의 짙은 화장을 했던 얼굴을 떠올리기가 어려웠다.

육 소장이 소영이에게 학교를 다시 다녀야 하지 않겠느냐고 조심스럽게 말을 꺼내 본 모양이다. 공부란 것도 다 때가 있는 법이니, 더 늦기 전에 다시 학교로 돌아가는 게 좋겠다고.

소영이는 다니던 학교로 돌아가는 것은 싫다고 했다. 중2때 가출하고 근 2년이나 거리를 헤매는 동안, 친구들은 벌써 고1이 되었단다. 그러니 다시 중2로 복학해서, 2년이나 어린 후배들과 같이 어울리지는 못할 것 같단다.

그런 소영에게 육 소장은 다시 검정고시를 권한다. 일단 중줄 검정고시를 합격하면 고등학교에 입학할 수도 있고, 만약 그게 싫으면 내쳐 고졸 검정고시까지 도전하면 될 것이라고!

소영이는 그제야 고개를 끄덕인다.

철민은 그런 소영이의 눈망울이 참으로 맑고 깨끗하다는 생각을 해본다. 그리고 그 눈망울에 비치는 반짝임이, 앞으로 그녀를 지탱해 줄 새로운 희망이었으면 좋겠다는 생각도.

검정고시 공부에 필요한 책들을 검색하고 주문하는 것은 한상운이 했다.

다음 날 책이 도착했을 때, 소영이는 짐짓 부끄럽고 쑥스럽다는 시늉을 했다. 그러고는 소중한 물건이라도 다루듯

한 권씩 책을 넘겨보고는, 주방 자신이 쓰는 사물함 안에 고이 넣어 둔다.

그런 모습에 소영이는 이제야 원래 제 나이로, 제 나이에 걸맞은 보통의 소녀로 돌아간 것 같았다.

철민은 괜스레 가슴이 뭉클해진다. 험하고 거친 길을 멀리 헤매 돌아온 한 소녀가, 이제 다시 원래 자신의 궤도로 돌아가고자 하고 있었다. 결코 쉬운 여정은 아닐 것이다. 그렇더라도 부디 다시는 흔들리지 말기를! 한 걸음씩 씩씩하게 걸어 나가기를!

"이거, 혹시 그거 아냐?"

"이야! 진짜 실감나게 만들었네?"

"탐스럽다, 야!"

"어머머! 이게 뭐야?"

사무실이 아침부터 한바탕 소란스럽다.

육 소장과 두 대리에다 청소하시는 두 아주머니까지, 한바탕 웃음이 섞인 수다였다.

철민도 '피식!' 실소를 머금고 있다.

발단은 소영이다. 소영이가 선물이라며 하나씩 나눠준 열쇠고리 때문이다.

곱게 쌓인 한 덩어리의 탐스런 황금색 똥. 열쇠고리의 모양이 그랬다.

가지고 다니면 대박을 맞는다고 해서, 사무실 식구들을 위해 하나씩 선물로 준비했단다.

'식구들!'

모두 그 말에 짠한 감정을 느끼는 기색이었다.

소영이 자신도!

실종

관리 사무소에 아침부터 한바탕 난리가 났다. 소영이가 갑자기 사라져 버린 까닭이다.

아침에 출근했는데 소영이가 보이지 않았다. 처음에는 커피나 다과 준비용 물품들이 떨어져 사러 나갔나 하고 여겼다. 그런 경우 1층 편의점에서 외상으로 물건을 가져오곤 하니 말이다. 그런데 10시 가까이 되어도 소영이는 돌아오지 않았고, 확인한 결과 1층 편의점에도 들르지 않았다고 한다.

휴게실을 확인해 보니 소영이의 간단한 짐은 그대로였다. 그러니 훌쩍 떠나 버린 건 아닐 것이었다.

소영이의 휴대폰은 아예 전원이 꺼져 있다. 그러니 어떻게 연락을 해볼 방법도 없다.

그날 종일 소영이로부터 연락이 없었고, 다음 날 오전까지도 결국 나타나지 않았다.

"심성이 착한 앤 줄 알았더니, 잘못 본 건가?"

속을 태운 끝에 육 소장은 배신감까지 느끼는 듯했다. 그러면서도 얼굴에는 여전히 걱정이 가득하다.

철민도 속이 끓기는 마찬가지다. 소영이에게 꼭 무슨 일이 생긴 것만 같다. 제발 아무 일도 없기를! 이제 겨우 되찾은 그 애의 쾌활한 웃음과 순수하고 맑은 눈망울을 다시 잃는 일이 없기를! 그동안 열심히 했으니, 그저 잠깐 꾀가 난 것이기를!

"가출 신고라도 해야 하지 않을까요?"

철민의 말에 육 소장이 무겁게 고개를 가로젓는다.

"우리가 소영이의 보호자도 아니고, 원래 가출한 상태였는데 다시 가출 신고가 되겠습니까?"

맞는 말이다.

강혁수가 CCTV에 찍힌 게 있나 알아보겠다고 하더니, 얼마 뒤 녹화본을 따왔다며 USB 하나를 가져와 사무실의 컴퓨터에 꽂는다.

재생된 영상에 엘리베이터 안에 있는 소영이의 모습이 있었다. 녹화된 시각은 이틀 전 밤 12시 경이다. 영상 속의 소영이는 무슨 일인지 몹시도 초조하고 불안한 기색이었다. 이어 영상은 상가 입구 쪽을 비춘다. 소영이는 세 명의 남자와 만나고 있다. 영상의 질이 엘리베이터에서보다 훨씬 흐릿해 분간하기가 애매했지만, 남자들은 앳되어 보였다.

소영이가 사내들과 몇 마디 나누는 듯하더니, 갑자기 화면 속의 광경이 격렬하게 변한다. 남자들 중 하나가 돌연히 소영이의 뺨을 후려갈긴다. 그대로 쓰러지는 소영이를 나머지 두 남자가 붙잡아 세운다. 그리고 무차별적인 폭력이 가해지기 시작한다.

"어, 어? 저놈들… 무슨 짓을 하는 거야?"

육 소장이 비명처럼 외친다.

철민도 그대로 굳어버리고 말았다.

무방비인 채 구타를 당하던 소영이 이내 축 늘어져 버린다. 그런 소영이를 남자들이 짐짝처럼 끌며 계단을 내려가더니, 이내 화면에서 사라져 버린다.

"어떻게 해야 하죠?"

철민이 육 소장에게 물었다. 다급함에 목소리가 떨려 나온다.

다급하기는 육 소장도 마찬가지겠지만, 그도 당장 대답할 말은 없었다.

그때 한상운이 조심스럽게 나선다.

"영상에 나오는 남자들이 소영이와 아는 사이 같고, 또 나이가 그렇게 많아 보이지 않는 걸로 보아, 아마도 이전에 함께 어울렸던 비슷한 처지의 애들인 것 같습니다. 어쩌면 가까운 곳을 배회하는 애들일 수도 있으니, 주변을 수소문해 보면 연결 고리를 찾을 수 있을지도 모르겠습니다."

한상운의 목소리와 표정이 그래도 차분했기에 철민은 곧장 그에게 기대하게 되었다.

"그렇게 해봅시다! 지금 당장!"

철민의 마음은 급한데, 한상운은 여전히 차분했다.

"그럼, 일단 주변 일대부터 훑어보도록 하겠습니다!"

그러며 한상운은 곧장 사무실을 나섰다.

『완빠치』 3권에 계속…

초대형 24시 만화방

신간 100%, 샤워실, 흡연실, 수면실(침대석), 커플석, 세탁기 완비

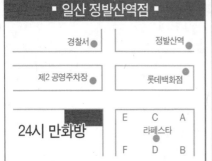

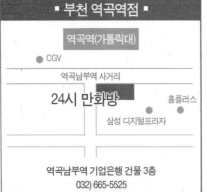
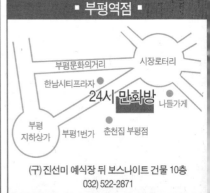

이계진입 리로디드

임경배 퓨전 판타지 소설

FUSION FANTASTIC STORY

Book Publishing CHUNGEORAM

유행이 아닌 자유추구-
WWW.chungeoram.com

월야환담

채월야 · 홍정훈 장편 소설

"미친 달의 세계에 온 것을 환영한다!"

서울을 중심으로 펼쳐지는 뱀파이어, 그리고 뱀파이어 사냥꾼들의 이야기!
한국형 판타지의 신화, 월야환담 시리즈 애장판
그 첫 번째 채월야!

철백 新무협 판타지 소설
FANTASTIC ORIENTAL HEROES

大武

대무사

피와 비명으로 얼룩진 정마대전의 종결.
그리고…

"오늘부로 혈영대는 해산한다."

혈영대주 이신.
혈영사신(血影死神)이라고 불리는 그가
장장 십오 년 만에 귀향길에 올랐다.

더 이상 전쟁의 영웅도, 사신도 아니다!

무사 중의 무사, 대무사 이신.
전 무림이 그의 행보를 주목한다!

사략함대 장편소설

FUSION FANTASTIC STORY

2016년 대한민국을 뒤흔들 거대한 폭풍이 온다!

『법보다 주먹!』

깡으로, 악으로 밤의 세계를 살아가던 박동철.
그는 어느 날 싱크홀에 빠진다.

정신을 차린 박동철의 시야에 들어온 건 고등학교 교실.

그리고 그에게 걸려온 의문의 ARS는 그를 새로운 인생으로 이끄는데……

빈익빈 부익부가 팽배한 세상, 썩어버린 세상을 타파하라!

법이 안 된다면 주먹으로!
대한민국을 뒤바꿀 검사 박동철의 전설이 시작된다!

Book Publishing CHUNGEORAM

유행이 아닌 자유추구 -
WWW.chungeoram.com

FUSION FANTASTIC STORY
고고33 장편소설
세무사 차현호
대한민국의 돈, 그 중심에 서다!
『세무사 차현호』
우연찮게 기업 비리가 담긴 USB를 얻은 현호는
자동차 폭탄 테러를 당하게 되는데…….
그런 그에게 주어진 특별한 능력과 두 번째 삶.
하려면 확실하게, 후회 없이 살고 싶다!
"대한민국을 한번 흔들어보고 싶습니다."
대한민국의 돈과 권력의 정점에 선
세무사 차현호의 행보에 주목하라!
Book Publishing CHUNGEORAM
유행이 아닌 자유추구 -
WWW.chungeoram.com

연기의 신

FUSION FANTASTIC STORY

서산화 장편소설

GOD OF ACTING

PRODUCTION

DIRECTOR

CAMERA

DATE SCENE TAKE

무대, 영화, 방송…
모든 '연기'의 중심에 서다!

『연기의 신』

목소리를 잃고 마임 배우로 활동하던 이도원은
계획된 살인 사건에 휘말려 비참한 죽음을 맞이한다.
그런 그에게 주어진 특별한 기회, 타임 슬립.

"저는 당신의 가면 속 심연을 끌어내는 배우입니다."

이제 그의 연기가 관객을 지배한다!
20년 전으로 되돌아가 완전한 배우로서의
삶을 꿈꾸는 이도원의 일대기!

Book Publishing CHUNGEORAM

유행이 아닌 자유추구 -
WWW.chungeoram.com